人生写大湖

——科考行纪

藏北野人　著

陕西新华出版传媒集团
太白文艺出版社·西安

图书在版编目（CIP）数据

人生写大湖 ：科考行纪 / 藏北野人著 . -- 西安 ：
太白文艺出版社，2022.10
ISBN 978-7-5513-2234-8

Ⅰ . ①人… Ⅱ . ①藏… Ⅲ . ①诗集－中国－当代②随
笔－作品集－中国－当代 Ⅳ . ① I217.2

中国版本图书馆 CIP 数据核字 (2022) 第 155599 号

人生写大湖：科考行纪
RENSHENG XIE DAHU：KEKAO XINGJI

作　　者　藏北野人
责任编辑　张　鑫
装帧设计　秦　强
出版发行　陕西新华出版传媒集团
　　　　　太白文艺出版社
经　　销　新华书店
印　　刷　三河市元兴印务有限公司
开　　本　660mm×960mm　1/16
字　　数　160 千字
印　　张　15
版　　次　2022 年 10 月第 1 版
印　　次　2022 年 10 月第 1 次印刷
书　　号　ISBN 978-7-5513-2234-8
定　　价　69.80 元

如有印装质量问题，可寄出版社印制部调换
联系电话：029-81206800
出版社地址：西安市曲江新区登高路 1388 号（邮编：710061）
营销中心电话：029-87277748　029-87217872

在雪域观暮色

高原上的掌灯时分，最美！
身临天幕之城，手可摘星辰。
远望万山与神湖交汇处，
是湖天？亦是暮天？
远山残线，我们构成一个圆！

藏北野人

谨以此集

致敬从事青藏高原科学考察研究的工作者！

I dedicate this book

To those who are engaged in research on the Qinghai-Tibet Plateau!

序一

青藏高原平均海拔超过四千米，被誉为“世界屋脊”，由于其具有极端环境、脆弱生态和气候敏感性，又被称为地球“第三极”。这里分布着无数的冰川、湖泊、河流和湿地，为高原本身和周边地区提供源源不断的水资源，具有“亚洲水塔”之称。青藏高原的巨大气候调节作用、水源涵养与水土保持功能、碳吸收能力与生物多样性特点，使其成为我国重要的生态安全屏障。开始于 2017 年的第二次青藏高原综合考察研究，就是聚焦水、生态、人类活动，研究环境变化的机理，提出和解决生态环境保护与可持续发展中科学与技术的关键问题。

青藏高原上面积大于一平方千米的湖泊有一千一百七十一个，超过全国湖泊总面积的 50%。湖泊是青藏高原水储存、水循环、水安全的关键要素。在这次科考中，湖泊考察是重要的应有之义。这部诗文集的作者自本次科考伊始参加了多次大型湖泊考察，他以诗歌和随笔的形式记录了考察中的所见、所闻、所感、所悟，也从侧面反映了湖泊科考人的艰苦奋斗、团结奋进、勇攀高峰的精神，这也是所有科考人的精神。

2017 年 6 至 7 月的色林措流域科学考察，在紧张的湖泊测量和岩芯钻探野外工作中，诗人以细腻的笔触写下了《色林措随笔》《狼毒花》，体现了自然风景与科学探索的有机结合。在羌塘腹地的赤布张措，湖面海拔高达四千九百四十一米，队员们在时而风平、时而浪卷的湖边，遥望不远处的格拉丹东冰峰，在此获取了了解长江源区过去一万多年气候变化的湖芯样品和科学资料。

2018—2019 年的大规模测湖考察，是“亚洲水塔”水量估算中，了解湖泊水量多少的核心行动，也是这部诗集中《转山转水科考队》的灵感来源。考察队员们风餐露宿，昼夜兼程，南线从日喀则到阿里狮泉河，北线从羊卓雍措到可可西里，总行程超过一万六千千米，水上测线长达六千千米，圆满地完成了测湖任务。我很高兴听到《高原测湖队》被改编为歌曲，也被队员们称为队歌。我们的年轻科考队员在艰苦的野外考察中，表现出崇高的乐观主义精神。

犹记得，2019 年 10 至 11 月的可可西里无人区考察，我作为队长现场参与了部分考察进程，这是我在青藏高原三十多年近百次野外工作中最为艰难的一次征程。最好的路是布满大石头的河床，最有趣的事是与野生动物遭遇，最温暖的问候是来自卫星电话那头家人的祝福，而最期盼的就是能遇上稍微风平浪静的天气，能让我们在恶劣的气候中完成预定的工作。这部诗集有近十首是记述可可西里无人区之行，其中多首在 2020 年发表于《西藏人文地理》杂志可可西里考察专题上。

2020 年 8 月，在西藏天湖纳木措，我们组织了大型的湖上钻探考察。作者作为其中的业务骨干，深度参与其中。我没有读到太多的艰辛，反而被那一组《纳木措自然之语组诗》所吸引，风、浪、岛、雁、云、光等，都变成了诗意的存在。当然，纳木措的考察也奠定了青藏高原考察研究很多领域的基础。2016 年夏天，作者刚刚接触西藏的高原湖泊考察时，创作了《纳木措》，后来被我另一位有音乐天赋的学生胡星博士谱成曲，我又将这首歌命名为《人生写大湖》，传唱较多，影响广泛。

我一直主张，培养学生，因材施教，不拘一格，快乐科研。青藏高原是科学研究事业的大殿堂，也是青年才俊们发挥才能的舞台。不管他们是用论文分析、用科普宣传，还是用诗歌赞美，都是在为青藏高原的发展做贡献。

这部诗集，时间跨度长达十年，从前期的青海卷到最近五年的西藏卷，一条天路缓缓伸展。这部诗集主要展示了青藏高原科考途中常人难以见到的风景，难以体验的野外生活，难以感受的科考人心路。

诗集的作者曾为我的博士生，这次邀请我为他的诗集作序，我欣然应允，在此表达我的祝贺。

一起守护好世界上最后一方净土，建设美丽的青藏高原是我们的责任！

2021 年 7 月 16 日 于拉萨

序二

独特的风光，独特的视角

——评藏北野人《人生写大湖——科考行纪》

这部诗集的作者以“藏北野人”来署名，率真而朴实，很有个性。一则是这个笔名如此直白，直白到几乎有些特殊，以至于反而生出了几分异样的文学性来。“藏北”点出了环境场域，“野人”之称道出了身份镜像，署名倒也贴切。我们的作者“本体身份”是一位科考工作者，与此同时，也是一位诗歌写作者。按照他自己的说法，这部诗集里的诗作，也正是他在青藏高原进行科考活动的捕获。二是作者以“野人”自比，是出于“本真”，相对于城市的“文明人”，在荒野科考的他就是一个“野人”，返璞归真，无拘无束，甚至不用拘谨的套话和术语。如此，“野人”也可以从社会学、美学的角度来理解，它所对应的，或者说反拨的，是现代都市里的文明人，甚至是福柯意义上被现代文明秩序“规训”之后的“套中人”。在此意义上，“野人”的身份又意味着对常俗生活秩序的挑战、逸出，意味着不同于庸常的审美路径、价值坐标乃至词语意象谱系。

这一切，固然仅仅是从一个笔名展开的联想，但的确同《人生写大湖——科考行纪》里的作品存在着千丝万缕、或明或暗的关联。诗人集中而深入地聚焦青藏高原的景致风物，敏锐地捕捉置身极端自然环境时个体的情感（乃至身体）反应，这样的抒写，的确提供了独特的、极具吸引力也极富冲击力的审美体验。《美丽的天峻》里的这几句诗，可以说是集中且典型地体现了诗人描写青藏高原时的视角宽度和层次厚度：

我们似乎染上佛教徒的虔诚

向西寻访一个古老的文明

宁静的时光

可以听见刚开冻的小河在流淌

萦绕稀少的人烟

偶尔飞过的鸟儿

几声啼叫留在辽阔里

短短的几句诗，内蕴相当丰富、多元的话题，而这些话题也都紧密切合着青藏高原最鲜明的特点及想象。“佛教徒的虔诚”指向青藏高原浓郁、古老的宗教文化氛围，“向西寻访”的是西部边疆地区独具特色的文明发展脉络，“刚开冻的小河”关乎自然地理，“稀少的人烟”指涉人类生活相关经验，“辽阔”是对特定地域的总体印象，将这总体印象具体化的则是“听见”开冻和鸟儿啼叫的个体身体感官（听觉）。事实上，诗人在整本诗集中，一直在对以上几个话题展开深入的挖掘阐释，高原的风光景色、狭义的宗教和广义的情感、人文历史风情等，是藏北野人在诗歌中着重表现的内容。

在表现的过程中，藏北野人选择了一种总体平实而又有节制地夹以抒情的方式来表现。诗人能够细致地观察、精确地描述诗的对象，同时亦不乏陡峭却合理的想象。许多句子给我留下了深刻的印象，例如“天空的唇深刻吻入大地。银白色的绸缎半遮住冷峻的容颜，哈达系满城镇。”（《那曲雪》）“念青唐古拉，地球的一道龙脊，发达的肌肉爆裂深刻的纹理”（《天路雪原》）等。这是高明的选择。

我读到过不少抒写青藏高原的诗作，其中大多数都并不成功，原因之一便是作者一涉及高原便开始恣肆抒情、自我爆炸，而由于青藏高原作为意象符号本身过于强大，这种抒情又很容易被纳入早已形成定式的路径轨道（例如“神圣感”“纯洁性”“灵魂生活”，甚至“仁波切情结”等），导致失却了自身的辨识度和情感特色。藏北野人的诗集中，那些比较成功的作品大都避开了这样的风险。一方面是诗歌写作的自觉——诗人并没有让浪漫主义的情怀失控地冲破现实主义（或者说“现实感”）的基本框架，没有让高原的美学冲击力瓦解掉诗人的内在主体性。另一方面，这也与藏北野人独特的身份、独特的视角有关——他是科考工作者。

诗集中有许多漂亮的句子，都与科考有着或隐或显的关联，如《蓬措边》：

山麓原上不见了羊群
我们是活着的化石，走动在21世纪的沉积层

这首诗直接写的便是科考。还有一些写科考过程中的际遇乃至惊险，如《六月二十日色林措湖上》等。这类提取自特定行动（科考工作）的经验，非常生动又高度具体的现实指向且拥有常人难以企及的特殊性，可以说是在相当程度上提升了藏北野人“青藏高原”题材诗歌的个人辨识度。这让我想到中国新诗的历史上，“高原诗”其实有着自身强大的传统谱系。昌耀在青海留下过一系列熠熠生辉的出色诗篇，海子的《日记》（《姐姐，今夜我在德令哈》）等名作流传甚广，甚至于坚早年也有过集中书写云贵高原的“高原诗”阶段。他们的高原抒写，都具有相当鲜明的个人印记。当然，我并不是说，藏北野人的诗作在艺术上已经能够与这些诗歌史上的大师相提并论。

但无论如何，当一个诗人正有意识、有规制地耕耘自己的题材领域，并且已初步形成了自己的风格角度特点的时候，我们总会感到欣喜，并且有理由相信他有能力在未来取得更出色的诗歌成就——就像阅读藏北野人的诗作，我此刻的感受那样。

李壮

2021年8月10日

李壮，青年评论家、诗人，现供职于中国作家协会创作研究部

目录

Contents

卷二　青海卷

卷三　天路卷

前言

湖泊，是地球之肾，是地球最美的自然地理景观之一。我国最大的自然湖泊群位于青藏高原，而青藏高原又被誉为世界屋脊、地球第三极，平均海拔超过四千米，地域范围包括我国青海省、西藏自治区。我与之结缘，幸甚至哉。自2011年夏到2020年夏，九年间，我十几次进出高原，从祁连山到昆仑山，再到念青唐古拉山，又从冈底斯山到喜马拉雅山，从拉萨到纳木措，向西“一措再措”（指纳木措、色林措两大湖），直至藏西秘境阿里。我亦曾选择火车之行，在不同的季风气候里往返于西宁—拉萨直至北京的青藏线，感慨“江山千载美，祖国万年青”。这些构成了我灵感和素材的基本来源，也是科研之外的所爱。

2016年1月，我把此前在青海地区考察所写的现代诗整理出来，取名《那年我去了青藏窥见她的秀色》（组诗），一共十二首。不久，在我的新浪博客（扬子）发布时标题改为《高原行纪》（组诗）。2017年2月，我把在西藏考察回京途中所写的诗稿编成小集，取名《回京记》（组诗），内中包含九首现代诗和三首古体诗。这样，做一部整合版的“高原科考行纪”颇为必要。

这部诗集，我计划了很久，一直没有时间来做，更是担心没有积攒足够的作品。现在之所以仓促拿出来，是因为我得到了朋友们的鼓励，还有我的家人，大家都觉得诗歌界虽然诗集多如繁星，但专门为青藏高原而写的诗集极少。即便是有关于这座高原的诗集，专门以科学考察人的视角，专门去那人迹罕至的高海拔地区，专门去那只有鸟兽甚至没有鸟兽的无人区，这样的“采风”而得的诗集，是目前绝无仅有的！

看人类之所未看，听人类之所未听，感前人之所未感，思古人之所未思，发古人之所未发，于是我有些迫不及待了。我迫不及待地想把我拙朴的诗稿示众，顾不上它的单薄和稚嫩；我迫不及待地想与平原的朋友分享我在天上西藏、大美青海的所见所闻；我迫不及待地想让世人感受高原科考人的山野所历，知道科考人的努力和奉献。

这本诗集分为三卷，分别是西藏卷、青海卷和天路卷。前两卷编排顺序按时间前后，即西藏卷（2016.6—2020.8）、青海卷（2011.8—2013.9、2019.10），而天路卷（2016.6—2017.9）为专题卷。卷下分篇，以现代诗歌和传统诗词为分野。因 2019 年 10 月的可可西里考察是在青海省，故诗记组诗被移到该卷，但不在最早的编集里。专题卷包括旅途诗记、青藏科考日记、随笔，展示科考历程，不过考察途中的诗记单独分出。

整部诗集基本遵循现实主义和自然主义的格调，混以浪漫主义的色彩。我并非画师，但努力描绘出祖国高原的春夏秋冬、山水草木；我不是仓央嘉措，却也希望抒发我在雪域之中、天路上、国道（109、318、317、219）上的激动心情。

青海，一个美了记忆，醉了日月的地方。

西藏，一个去了痛苦（高原反应），不去又想念的地方。

值此《人生写大湖——科考行纪》即将出版之际，感谢一路喜欢我诗歌的亲友，感谢一路支持我成长的朋友，也感谢所有的师长和“陌生的”你。

藏北野人

2019 年 9 月 12 日

卷一 西藏卷

卷首语

西藏之美，是自然渗透着人文的气息，人文浸润着自然的底色，是天、地、人三者的和谐统一。藏北草原的辽阔苍茫、藏西大地的荒野星河、藏东山谷的幽林溪水，无不令人向往。羌塘无人区星罗棋布的湖泊，仿佛是上天散落的珍珠，蕴含着藏民的崇拜，也是解读高原环境变化的密码。作为高原测湖队的一员，我领略了这些湖泊不同的色彩、盐度、性格和它们深埋的纹理。

该卷诗文是我在西藏地区参加湖泊自然科学考察的灵感所得，纳木措的风浪岛、色林措的狼毒花，扑面而来……天上西藏，大美人间！

纳木措自然之语组诗（七首）

纳木措之月

夜深了
雨雪刚刚过去，西风正在咆哮
一轮明月倔强地穿行云霄
远处的念青唐古拉山顶，白雪如毡
空旷的纳木措大原野湿漉漉的
任凭西风猎猎

月光如水，透过公寓的玻璃窗
从半掩的绸帘缝隙间洒落
在我的床前
诗仙李白吟道：
床前明月光，疑是地上霜

我并未举起头颅，头颅太重
我几番试图入睡，入睡太难
月光千古如是
将低沉的心思相付
不变的重复，满满都是思恋

2020 年 6 月 5 日

纳木措之风

夏天的风很软
从湖的脸上掠过
又吹乱山坡上细密的青草
夏天的风也很硬
从湖的一角掀起
又摇晃满湖安稳的止水

满以为冬天的风很硬
没日没夜地吹着凄厉的口哨
北岸无雪，南岸堆叠
其实，冬天的风也有柔弱
瘦削的残阳西下
黄昏冻得清瘦，一丝风
在雪上喘息

波浪，总是随风激荡
跳着滔天的舞蹈
冬天里吓人，夏天里也有
却搁不住，风一夜地打盹儿
总之，纳木措的风
说来凶神恶煞，但也温柔

2020 年 11 月 29 日

注：这两首诗灵感分别源于 2020 年 6 至 7 月、11 月的驻站生活体验。

纳木措之云

如果天空不想单调
那最好的点缀就是云!
如果天空会写字
那最美的情书就是云!

纳木措的云
打扮起来，白衣飘飘，宛若天仙
变化起来，天马行空，是花如纱
倘若忧郁，布满整个湖天，任风儿怎么哄引
若是愤怒，就把天空涂成乌灰色，暗无天日

纳木措的云
晴天里曼舞弄姿，丝毫不在乎湖泊人的仰慕
夏季里神出鬼没，时而无影无踪
时而在南边的雪山上升起成排的蘑菇

纳木措的云最怕风
风一来就吹散
纳木措的云也带风
半湖晴天，半湖阴雨
从西下到东，下累了，也就消散了

有时，四个角压得死死的
云像烧开的墨水，浓淡相间
日头在最薄处，露出圆脸，不刺眼

而我们在乌蓝色的湖上，游荡！

不知道头顶上，几时开的莲花
不知道远方天际，几时垂下的窗纱
我们不知道谁在写情书，向山表白
又是谁撕碎了云做的连衣裙？

我们看着她的千变万化，不敢怠慢！
神的喜怒哀乐，都写在云上
而自然的力量，化作湖泊之浪
我们珍惜她妩媚的时光！

2020 年 7 月 23 日

湖上云景

纳木措之浪

平静的湖面很快皱起了波纹
西北的黑云重重地压下来
白浪花像牧羊人赶着的千百只羊

朝着一个方向，汹涌！

有时太阳高照，蓝天悬挂着几片白云
瓦蓝色的湖面微波荡漾
疾驰的船划过，如履平地
留给湖一道经久不散的鱼尾纹

有时天空清淡，太阳像穿着纱衣的女人，
光辉时而烂漫，时而模糊
岸边的沙滩上涌浪响彻的轰鸣
雪堆错落有致，斜交而继

纳木措的浪千变万化
风浪那么着急而惊心
涌浪波长而滚滚
日月之潮，生生不息

纳木措的喜怒哀乐都在浪里
暴怒起来跌宕起伏
我们的船渺小如一片落叶
安静起来水平如镜，犹如人间仙境

浪！是圣湖的宣泄，神的暗语
浪！是湖水在跳舞！
让纳木措“浪”起来
湖少一分美，人类便多一分敬畏

2020 年 7 月 21 日

纳木措之雁

傍晚，微风吹拂的湖面上
纳木措出现最优雅的一幕：
一只孤雁飞翔的身影，定格在
夕阳渲染的金黄色空间里
所有的高耸实体变成平面的黑板
天空就是一块染墨的凹透镜
湖光粼粼，一半反光，一半昏沉

斑头雁，那个扑棱着翅膀的点睛者
是青藏高原不变的夏候鸟
春季翻越险峻的喜马拉雅山脉
诗意地栖居在纳木措
夏季徜徉在无边的蓝色大湖

冬天，人字形的斑头雁
扯着嘶哑的鸣声
飞过拉萨河谷，飞过我的头顶
冬天，我也要回到内地了
飞越千山万岭
那一刻，我何尝不是一只“纳木措之雁”？
那飞机上，何尝不是一群“斑头雁”？

2020 年 11 月 29 日

注：斑头雁，高原大湖上高冷的生灵。驻守野外观测站，我像一只孤雁，候鸟般往来迁徙。而高原的科考人，何尝不是冬回夏来的“斑头雁”？他们都在默默奉献，构成高原的鲜活画面。

纳木措之岛

茫茫大湖，是蓝色的沙漠
漂泊的人希望有一座小岛
纳木措的湖上有岛吗?
湖泊科考人，带着被救助的斑头雁
向水天一线的地方，持续航行

纳木措的浪岛，是一个给人希望的地方
南北狭长，东西瘦削，像一艘航行的船
靠泊的港湾是被水浪洗得发白的岩滩
鳌头的部位耸立着新的大气边界层塔
浪岛，已经驮负了科学家的重托
在西风与季风反复交错的波浪里
洗礼!

西端的尖嘴，何尝不承受巨大的侵蚀
四周深邃的湖底，怎样擎起它的高楼大厦?
百米的落差，在它中央的岩石上
神奇地竖着几处玛尼堆
还有隐约的乱石塔

如果说纳木措是一块天赐的碧玉
那么，这岛屿就是它的穿心孔
神灵一系红绳
这雪域高原就多了一块福佩!

2020 年 11 月 29 日

注：2020 年 6 月 9 日，湖上工作至浪岛，观览大体。

纳木措之光

瓦蓝色的幕布铺在最远的星际
西天，升腾起来一片最灰暗的云魔
太阳，沉落在万山和神湖的交汇处
丝毫不甘心，它将万丈光芒投射
云魔的边缘化作白亮的丝绢，飞散！
这是光和影的一场旷世绝恋！
满湖的水呵，光滑得像一面镜子
云说：我在天上舞，一座空城
水说：我在心中看，一段记忆
神说：都是过往，一瞬间的爱
我说：值得
就这样，一日落，天地合
当光芒淡去，云身消散
谁又能分得清，哪里是湖天，哪里是暮天？
远山残线，我们构成一个圆！

2020 年 7 月 29 日

今夜藏北

今夜藏北，我有一本天地奇书
今夜藏北，奇书没有人类的文字
今夜藏北，可可西里沉浸在无尽的荒凉里
不知那只落单的藏羚羊可找到妈妈？
今夜藏北，我在接天海拔的小城，无眠
今夜，无声的寒风翻动着书页
藏北，这是高等文明的墓地
我仿佛找到了自己的墓穴……

2016 年 10 月 16 日

注：藏北，一般指西藏北部。小城，即双湖县城，位于泛可可西里地区南缘，海拔四千九百米，所以此诗中形容它为“接天海拔”。自双湖县城向北进入可可西里腹地，那是夐远的无人区。

今夜

今夜无眠，我在海拔四千九百米的高原
今夜无眠，四周茫茫一片
今夜，我在可可西里边缘
今夜，我在世界第三极
今夜，我累了
今夜，我在世界的屋脊，睡了满天星辰

2016 年 10 月 16 日

班戈朗月

藏北羌塘速记

我已经忘记了尘世
唯有亲情和爱情的羁绊
我记不清自己的电话号码
忘记了表示社会身份的编号
终日与雪山碧湖为伴
睁眼就是蓝天白云
梦里就是银河星辰
在千万岁月的地质荒原
我被西风吹噬，我被落日的佛光照耀
我不是朝圣者，却一样被洗涤了灵魂
我不是隐者，但拥有了隐者所有的体验
我，从自我的凡间，走入人天合一的世界
我，在唐古拉山，涅槃

2016年11月3日

注：赶路中创作诗记《藏北羌塘速记》。

拉萨的黄昏

瓦蓝的幕布铺在桌案上
画师缓缓西斜，调好了灯光
云影投射在画板上
美丽的光晕，像浓艳的牡丹花，簇拥开放
这次，画师略微醉了
挥起画笔，随手涂抹
渲染，再渲染，但
粉盒里只有宁静的丹青
饮一杯香茗，朝天一吐，就是一幅千里高原水墨图！

2017 年 2 月 27 日

注：此诗描述干燥但湛蓝的拉萨深秋。

拉萨经典黄昏

色林措落日遐想

残阳是高原的画师
蘸取无边的云朵
趁着七分醉意，秀笔一涂，就是羌塘千里
大地是墨色的沉默，在广袤中睡去
科考队的营帐是镀金的丰碑，仿佛末次冰期的荒原上的漂砾
当激情把西天的云山烧成烫金
当天堂和人间被缝合成黄金分割的比例
当历史与现实衔接在二维的平面上
那明朗的，绚烂成我的信仰；那幽暗的，深沉成我的思索
——宇宙在画里，也在我的思考里……

2017 年 6 月 12 日

色林措黄昏

黄昏幽影

晚霞将自己的晚埋进远山
远山将自己的远嵌于湖天
湖天交际，西风吹送粼粼细波
山石嶙峋，湖浪轻推层层白雪
一方幽影，将自己的幽思拓在湖天之上
比晚霞更晚，比远山更远
占据宇宙的中心，氤氲着黄昏的时光
这一幕，叫信仰者看到了人类的灵魂！

2017 年 6 月 13 日

狼毒花

（一）

冈底斯山隆起的家园
长满低矮的蒿草草原
热带的云朵翻越得十分艰难
就在大山的脊梁上
雨后潮润的沙地上
狼毒花成片列阵

花开半掩，淡紫浅白
五瓣香囊，渺小犹如色林措碧波上的白浪点点
暗香幽来，接近它
浸在它的香泽里
即便采撷，只要一滴水
在午后的阳光里
窗内的铁台上
竟长开不败！

——我的帐篷里
满是狼毒花香！

狼毒花

（二）

白色的五角星开满
小小的宇宙，球形的天空
满天繁星
紫色的幕宇中
眨着蝴蝶的眼睛

狼毒花，长在荒原的狼群
一团一簇，向太阳要来紫色
一风一露，将浅白献给草原
即使离开母体，带着脐带

只要有水，亦能烂漫成
满天繁星

2017 年 6 月 18 日

注：作于色林措湖畔。

狼毒花

摄于色林措南岸。狼毒花，多年生草本，

分瑞香科狼毒花、大戟科狼毒花。高原多为瑞香科狼毒花。

色林措

色林措，色林措
风翻白浪千云过
雨打青蘋一点波
斜阳在湖上恣意涂画
五十里的锦缎
七十里的青罗
山坳里永远有一阵风
在浅绿的山原上婆娑

色林措，色林措
瞰一万顷碧波荡漾
总不及一次怒涛叵测
科考的橡皮艇像架子上的秋千
任由一米高的巨浪摇晃
引擎的力柔软到让船一直随波逐流

色林措，色林措
月光惨淡，星光稀微
彼岸混沌，牛羊无影
入夜，我们还在湖上

看不清前路，看不见营地
夜深了，我们还在浪涛里
西天微弱的天幕下
黑色的水在汹涌着
小小的船呵，小小的人呵

色林措，色林措
晴天锦绣，也要浪花千百朵
雨天浓重，又要涟波如歌
有时，你是星辰大海
有时，你是西风萧瑟
阴晴偏是千万种美
爱恨都难由人类做主
或许，我们会在钻取的湖芯里
打开你的词典，扉页上赫然写着
谁也无法阻止我波澜壮阔的一生！

2017 年 8 月 12 日

注：江湖源科考之色林措经历。

六月二十日色林措湖上

下午六点多，我们陷入重围
东南西三面被灰蓝色的浓云包裹
周围只有巨浪的咆哮，一只孤立无援的小船
距离南岸的大营，直线距离二十五千米!
茫茫如海的色林措主湖区，此时变成了天堑!
浪峰高到头顶，漫入船内
与风浪搏击
——“让暴风雨来得更猛烈些吧！”

胆怯却像热带的藤蔓，爬上勇敢者的心脏
那悸动，笼罩整只小船
我们不是冲浪者
我们却体验到从波峰跌入波谷的失重感
排浪滚滚，如同大沙漠里的巨型沙垄
起伏不断，难以穿过

做一只飞翔的雨燕吧
左右冲穿，前后有岸
向西，再向南
我们只想“回家”

四名年轻的科考队员
忘记自己全身湿透，目不转睛地盯住前方
前方，浪涛龇牙咧嘴
向北的风浪在湖中央的石柱上剧烈撞击，浪花迸溅
我们义无反顾地驶入
做一个勇敢的弄潮儿吧
尽管已是黑夜
我们却“如履平陆”
彼岸！彼岸！彼岸！

2017 年 6 月 25 日

注：6 月 20 日色林措湖上遭遇大风浪，当时我负责驾驶小橡皮艇和另外三名队员到中北部湖区采样，在起浪后历险五个多小时，向西穿越十千米进入主湖区，于深夜 23 点多被营地接应而得以靠岸。

色林措随笔

——致 WY

我坐在宇宙的屋顶
手边放着满天星辰
准备折叠，一纸情书
不要狼毒花的装饰
那淡紫或芬芳
可能掩盖住我素白的初心

今夜，大湖十分温顺
波浪兴许已经安睡
只有发电机的孤鸣
和隔壁帐篷里酒后的欢笑
不要蓝黑色的乌云
那接天际的闪电，太过壮美
我怕平原的你，花容失色

羊群来过，乘着下午
热烈的阳光
烘烤我的帐篷
它们踩着白石的地毯

它们闯进我的领地
它们发出柔嫩的叫声
五朵黑灰色的云
流动——白色的沙地

我半躺在世界的屋脊
吸入白天，呼出黑夜
看见宇宙的尘埃
日落时飘散在云骸
羌塘的气息微弱而幽远
胸膛起伏，江湖联动

风，既不凶猛，也不温柔
只在乌云的荫庇下张狂、恣肆
风，带来雨季，又吹散浓云
风，吹遍蒿草草原
梳理牛羊
风，拨弄我的帐篷
风，注释我的爱恨
而浪，永不停息
——那是我漂泊的人生！

写给拉萨的你

那一对浅浅的酒窝，盛满高原的月光
那一对浅浅的酒窝，盛满清纯的腼腆
那一对浅浅的酒窝，盛满你所有的娇羞
莲花不过遮映了半亩方塘，而你遮映了我整颗初心

我要怎么来赞美你，我要怎么来夸奖你?
傍晚的灯光之外是清幽的月光
月光之下，是妩媚的你——亲爱的姑娘

2017 年 8 月 1 日

狼毒花美女

你就是一朵盛开的狼毒花
在极寒艰苦的环境下野蛮生长
就如现在的你，在苦仄的博士生涯中艰难前行
虽然渺小，但花色鲜艳如朝霞
全身馥郁，香气充满整个草原
我，打马路过你，沉醉在你的香泽里

2017 年 8 月 1 日

爱上林芝

最好是黄昏，爱上这静谧的林芝城
风雨梳洗过的山峦，明光锃亮
你是苍山环抱的一抹青翠
尼洋河送来念青唐古拉山的问候，礼物
虽然混浊，但滚滚的忠心不可辜负
我们，就在那山路上蹒跚而下
曲折而上，绿树掩映了整座城市
寻，寻你，在千万丛苍松翠柏里
爱，爱你，在暮霭纷纭群山酣睡时

2020 年 4 月 4 日

注：2017 年 9 月 5 日，从拉萨到鲁朗，傍晚途经林芝城，向东则是色季拉山，高山谷地，群山披绿，山谷松柏森林苍翠，引人入胜。

鲁朗小镇

“天空既在我们头上又在我们脚下。”

——《瓦尔登湖》

风情的鲁朗坐卧在云海之间
披着翡翠色大氅的群山，南北合围
不疲倦的云霭从山那边，翻涌而来
洁白的云哦，既在鲁朗的头上又在鲁朗的脚下
新鲜的天蓝色是凡·高新渲染的
前面收敛的山谷云气低垂到鲁朗的脚面
蓬莱不算什么，鲁朗终年活在祥云环绕里
看藏家的一头健硕的黑牦牛，悠闲地走过天空之城
远处，山谷之上，两山之间，皑皑如雪的云团飘浮着
变幻着，被单色的余晖打上一层金色的光芒，天马行空
它们是鲁朗众神的霓裳
千百年来，跳着和平的舞
遮映着，被印度洋的蒸气和高原季风推举不断，奔涌跌宕
它们是鲁朗洞天的屏风
千百年来，过着隐士的生活
滋润着，将藏南的山峦溪谷涂画上翡翠的纹理，凝重深沉
它们是鲁朗万物的恩泽
千百年来，做着安详的梦

林芝鲁朗观景

绝胜山川在鲁朗，云来雾去挂楼窗；
藏阁疏阔星辰里，峡谷高居瑞士邦。
水抱金岚迎日月，人通四海度八荒；
氤氲偏爱此时好，非夏非冬披翠裳。

注：2017年9月9日，傍晚自察隅返回，考察队到鲁朗镇，难得观赏，这个号称“东方瑞士”的小镇。黄昏下，小镇新颖别致，游人稀少，安静幽秘，乃是神仙居住的地方。

致原菲

不期而遇，不期而遇
我还没掸净远道而来的尘土
你已然含笑站在尼洋河畔，青山掩映
放下羞涩，放下羞涩
我尚在感动这世外洞天的情谊
你已然欢跳期盼在八一镇上，苍云流暮
就让那傲立的山峦见证吧，铿锵有度
故人重逢，我们的青春和青山永驻
就在这安静的城街合影吧，喜笑颜逐
远朋相聚，我们的友谊和时光同束

注：2017 年 9 月 5 日，从拉萨到鲁朗，傍晚经过林芝城，因同行的西藏农牧学院李老师返家取东西而使得我短暂地逛了城区，并得以会见久违的朋友——一位选择在西藏执教的内地女教师，她的坚持令人称赞。

察隅祝酒词

引子：

我们的友谊，就像这漫山遍野的油松，不衰不败，永远常青

我们的事业，就像这漫山遍野的油松，不衰不败，永远常青

白色的雾霭缠绕着波密的松宗
壮阔的雅江撕开了群山的遮映
然乌小镇上，吹来不懈的季风
米林冰川下，披散亘古的雪影
远方的客人，就此停下，你疲惫的旅程
听一首我的歌，红豆杉绿荫如盖
饮下稻谷酒，千干如此豪情
我们的友谊，就像这漫山遍野的油松
不衰不败，永远常青

蓝色的河谷流淌着天堂的清莹
葱郁的森林厮守着僜人的安宁
察隅桑曲畔，奔流不息的欢声
僜巴山寨里，传唱久远的热情
远方的客人，就此出发，你多彩的旅程
看一支我的舞，芭蕉树扶摇如屏

干下高原酿，万祝如此深情

我们的事业，就像这漫山遍野的油松

不衰不败，永远常青

2018 年 7 月 13 日

注：2017 年 9 月 8 日，科考小组与当地驻村干部举行联谊会，互相表达友谊和对科学事业、援藏事业的祝福。

高原风

雪白的单车驶过苍茫的草原
西风萧瑟，吹散文明的尘烟
黑色的阳光烘焙锅台上的盐碱
一双渴望的眼，穿透暮霭沉沉的远
呼号凄厉一夜，湖面的猛兽撕咬着我的堤岸
季风滋润过的荒原，野花开遍泥土腐殖一片
明月高悬，午夜的呜咽，自然的泪水风干
雪白的单车驶过苍茫的草原
凌乱的尘烟千年未变

2018 年 7 月 15 日

注：“黑色的阳光”，即被晒黑的牧民，生活在藏北无人区。

无人区的荒原

赶路

去羊卓雍湖的盘山公路上
北京时间 20：30，日落西山
看着暮色苍茫，听着粤语忧乐
摇晃——摇晃——
在新生代的山地里
辜负了都市一川霓虹
忘却了文献论文的满篇逻辑
唯有这半空的美丽晚霞不可辜负
还有远方的你

2018 年 8 月 31 日

爱湖

两颗蓝宝石嵌在冈底斯山北麓
宛如一对仙子的耳坠
深邃的湖底藏着惊人的峡谷
水，淡水！
是上天的恩赐，是我们的宝藏，是情人的眼泪！
带着迷恋和陶醉
在清澈见底的水中
拣拾属于我的那份爱

2018 年 9 月 9 日

改则三湖

一路是盐湖的故乡
路的尽头是麻米乡
麻米乡的远处是麻米湖
麻米湖的后边是围栏状的裸山
山的背后是蓝色如洗的天幕

注：三湖即洞措，麻米湖，拉果措。2018 年 9 月 15 日，作于藏北的改则县——盐湖之乡。

神山圣湖

今晚中秋，神山下，圣湖边
北边是巍峨绵延的冈底斯山
南边是只见纳木那尼冰川的喜马拉雅山
219 国道像一条灰青色的腰带，系住宇宙之轴的风袍
夕阳下，金色的草原铺展在宽广的第四纪碰撞谷地
这里是圣湖玛旁雍措盆地，这里是神山冈仁波齐的脚下，这里是日月星同辉的天上阿里
今晚，中秋节，考察队的汉子们一起仰望星空，俯瞰人间！

2018 年 9 月 24 日

纳木那尼峰与神湖

蓬措边

营地扎在河谷里
瘦弱的河流在门口流入湖泊
留下一道扇形的泥黄色尾巴

强劲的西北风裹挟着沙尘
天幕被涂染，乾坤混沌
蔚蓝色的湖面，卷起雪白的浪花，扑向远方

锅碗瓢盆里，盛上细细的尘土
帐篷拼命地摇晃，骨架嘎吱作响
顶棚合缝处开了一道口子，风沙灌进来

山麓原上不见了羊群
我们是活着的化石，走动在21世纪的沉积层

2018年11月7日

那曲的雪

那曲的雪，青藏线的路
天空的唇深刻吻入大地
银白色的绸缎半遮住冷峻的容颜
哈达系满城镇
山峦纯净，犹如天堂
我们在天上，沉浸在白雪的世界
一片和谐

2018 年 11 月 11 日

注：青藏铁路，北去南下，远处是白雪皑皑的念青唐古拉山。

梵域雪国

天路雪原

辽阔的藏北草原枯黄了，留给梵天金色的地毯
漫天的大雪初霁了，赠予群山洁白的纱缦

白云飞散，蓝天显现
山不再裸露，不是冰山胜似冰山

念青唐古拉，地球的一道龙脊，发达的肌肉爆裂深刻的纹理
震撼！
念青唐古拉，人类的一条哈达，绵延的经幡祷告神的禅语
虔诚！

念青唐古拉，雄壮的褶皱，冷艳的晕影，萦绕的云雾
不是神山胜似神山

青藏铁路，绿色的列车，绿色的长龙
穿行在白雪与草原之间，化入神天

藏北，美丽的藏北，只有蓝（天）白（雪）黄（原）三层设色
牦牛，肥壮的牦牛，只在明媚的雪泽上信笔涂鸦
人，简成线条的人，戴着墨镜退化成天路上的一个个点

赞美成了唯一的词汇，拍照成了唯一的行为
时光——静静的时光，在音乐里流淌
我，透明的我，沉入雪白的极天！

2018 年 11 月 11 日

大美天路图

我在冈底斯山北麓

西藏，一个来了痛苦，不来又想念的地方
西藏，一个让人又爱又恨的地方
西藏，一个草原与荒山并存、惊险与希望交杂的地方
虽然是夏季，气温只有 5℃～ 22℃，山里天气变化多端
正值雨季，湖上冰雹、雷阵雨、烈日炎炎交替上演……
唯一的安慰是这苍茫雪域的奔放
最好的高反镇痛剂是眼前这一杯已然淡退了所有膻味的酥油茶

2019 年 7 月 6 日

酥油茶

佩枯措

今晚睡在海拔四千六百米的大湖边
卧听波涛有节奏地拍打堤岸
一波又一波，低沉轰隆，雄壮有力

今晚睡在满天的星河下
对着希夏邦马峰
四野黑沉，只有微风拂过草丛
一梳又一梳，安静神秘，触手及天

这里是珠穆朗玛峰自然保护区
我们在边缘扎营
花岗岩的基底风化破碎
白天炙热，夜晚寒凉
队员的皮肤在昼夜间风化
上白下黑，牙齿雪亮
额头融入自然

2019 年 9 月 2 日

注：第一段、第二段为 8 月 26 日湖边所感。

佩枯措（剪影）

佩枯措的美，女娲的眼
希夏邦马峰的雪，观世音的莲
科考队员的汗，天上秘境的山

夜晚的星空总是很璀璨
无风的营地有时也温暖
简易的帐篷里荤素俱全

一群人相谈甚欢
一顷浪跌跌撞撞
一束光穿刺深远

山上的球状花岗岩风化不断
碎石滩上白色沙砾聚了又散
水岸交际浮游水草被打上岸

看不见飞鸟，唯有白云片片
听太多涛声，只记得铜号高低转换
一心随船，一管钻下，就是万千年！

2019年9月2日

雨后

在红尘，云邂逅了雨
记得是天上初夏的微风之夜
雨后，雨后
你也看见了我
为了尊重这次相遇
我洗净了所有心情
不为繁华，只在真纯
不言语，浅笑嫣然
你的剪影化作远梦，留下尾声
藏不住，香气氤氲
何况，这是诗意栖居
只是怅惘
纵然是萍水相逢
记忆却涟漪初上

2020 年 5 月 26 日

拉萨之夜

拉萨的夜晚是缓慢的
浪漫的
华灯慵倦
光影柔和成浓妆的美人
时光像荡起涟漪的葡萄酒
红透的人生，在杯盏中交汇
你来自南方，我来自北方
相遇！在天上西藏
人们相信这是缘分，一份命运的安排

到仙足岛的街边走走
寒凉的风从拉萨河上，吹来
朦胧的疏影和幽暗的远城
一切很安详，没有行人
到城中心的酒吧坐坐
热烈的歌从帘帏深处，扑来
昏黄的老屋和满桌的啤酒
醉生梦死。明天，就在此刻

拉萨河畔，不见星月

浅唱低吟，沉默也变得浪漫
夜本无色
因你变得妩媚
人本无踪
因城变得牵念

2020 年 5 月 27 日

致纳木措

湖是大地的明珠
而你选择栖居天上
高冷的海拔刺穿云霄
从此与云山做伴
为什么你远离人间?
是怕太多的烟火熏染?
是怕吞咽五颜六色的排放?
你在念青唐古拉隐居

浪是你的喜怒哀乐
影是你的苦思冥想
岸是你的肉身枷锁
气是你的法界元魂

无数凡人慕名仰望
你一遍遍将耳根清洗
清洗过后，你将杂物吐出
用你的怒浪推它们上岸

2020 年 5 月 29 日

注：诗作曾发表在 2020 年 6 月 9 日《拉萨日报·副刊》。

纳木措的雪

纳木措的雪，整夜整夜地下
下得乾坤一色，天地无涯
纳木措的雪，簌簌地下
下得大湖失色，空原蒙纱
纳木措的雪，成片成片地下
下得落地为毯，黑狗欢狎
纳木措的雪，静悄悄地下
下得人间幻境，万物无家

2020 年 5 月 30 日

注：大雪从昨夜一直下到上午，草原白皑皑，茫茫一片。我因野外工作需要，遂抵达纳木措湖畔，海拔四千七百三十米，高原反应头疼得生无可恋，就用写诗来转移痛苦。

纳木措的雪

纳木措之手

在念青唐古拉的襁褓里
我一只手沾着纳木措的湿润
一只手染着纳木措的强紫外线
凹槽深厚的纹理，装载
高海拔经年累月的撞击
高辐射的曝光早已
将初生的白肤打磨成枣红色
啊，那是和大地一样的色泽
哺育了我的全部
我所深爱的土地，一草一木
习惯的夜风咆哮，一发一丝
无须多言，没有贪婪
一双坚守了十六年的手
就这么，顺其自然

2020 年 6 月 5 日

注：记我晒伤的手背和纳木措站的一位老守站人。

守站人

冬天的风开始叩击门窗
屋里没有炉火
屋里只有一个电暖器
在不停电的日子里
这是唯一的温暖之源

午夜，气温还在下降
月光清瘦，比积雪还冷
守站人裹紧了自己的棉衣
二十一世纪的羽绒服之外
暴露的耳朵还是感受着天寒地冻

这里，冬天是要停水的
水管子耐不住低温的进攻
已经早早地妥协了
只有地下水还在流淌
提水，倒在大水桶里

停电并不可怕
总有个应急的发电机

最可怕的是心理的寂寞!
没有了网络，没有了热闹的人群
只有守站的你我：大眼瞪着小眼

爱，并不能发电
却可以拯救孤独
电，并不能拯救孤独
却可以带来联络
当守站人与外界失去所有的联络
依靠的正是
对这份职业认真的爱!

2020 年 11 月 29 日

注：这首诗起思于 7—8 月在纳木措湖畔的驻守体验，同《纳木措之风》，作于 2020 年 11 月体验冬日驻守之后。

酸奶坊

让时光慢下来
静静地看满墙的图彩
让时光停下来
轻轻地品雪白的酸奶

玫瑰味的浪漫
葡萄干的甜美
轻纱般的时光划过
飘逸的青影迷离

照片将不同的时光压缩
层层叠叠，每一张即是
一个美丽的故事，或者
邂逅，是谁带着猎艳的心？
吃一口，也许酸到极致
也许甜到最佳，是否加糖
并不在于你要的是不是蜂蜜味的
重在体验，何处是人生的酸奶坊？

2020 年 7 月 8 日

拉萨秋日黄昏漫想

我只是大千世界的一粒浮尘
让我沉落在你的心田吧

2016 年 10 月 14 日

今夜

（一）

今夜，我睡了满天星辰

（二）

今夜，我在四千九百米的高原，盖着满天星辰入睡
今夜，我在接天的海拔，拥着满天繁星，孤独而富有

2016 年 10 月 28 日

秋色之约

拉萨秋色，如此静好
美丽的你，要不要出来走走
在白桦林边，在银杏大道

2016 年 11 月 11 日

拉萨秋光

拉萨秋光，比京城还温暖的阳光
照着万里长空和远山苍茫……

2016 年 11 月 11 日

拉萨之秋

周末时光

跟着转经的信众，走过八廓街古城
沐浴着秋光，走过布达拉宫
抬眼是蔚蓝的天空，映在纯净的心灵

2016 年 11 月 13 日

当惹雍措

宁静的碧湖是天神的明眸
他将身体留在云间，将眼睛放在大地上
深情脉脉，守望着他眷恋的人间

2017 年 1 月 11 日

当惹雍措

车过昆仑山

子夜，车过昆仑山，我在世界屋脊上
为你写诗
登昆仑兮食玉英，与天地兮比寿，与日月兮齐光……

2017 年 6 月 4 日

昆仑山中

高原月

拉萨月！

“还有一个伴月星啊！”

不，那是美人痣

2017 年 6 月 6 日

高原测湖队合影

达则措

达则措，还有个新月牙
如上帝之吻！

2017 年 6 月 29 日

高原上的山

羌塘高原上的山，红色的山体，头顶一朵白雪！
羌塘高原的山，不高不矮，
在平坦的草原上，耸起白尖尖的锥形毡房。

2017 年 7 月 5 日

驱车行于那曲到班戈的 317 国道上

魔鬼湖

色林措，那万顷的波涛汹涌
挡住了怯懦者的脚步
却挡不住勇敢者的心

2018 年 1 月 19 日

作者在色林措

西巴大桥

跨越流淌的时光
锁住凝结的空间
在流动中坚守
梦，由此连接彼岸

2018 年 7 月 13 日

高原情未了

车行高原，常见彩虹
心存思念，处处都是表白的舞台
雪域高原就是仓央嘉措的求婚现场
只是，太过于雄伟
凡人看不到

2018 年 10 月 14 日

藏北雪山

雪后的念青唐古拉山
很性感——纹理错落
晕影清晰

2018 年 11 月 11 日

藏北对答

引子：

性感的雪后念青唐古拉山北麓盆地，车队路过一段雪后结冰道路。头车先行，走到“金黄的草原”（意思没有结冰路段，少雪地带），问后车到哪里了。

——你们已经走到金黄的草原，我们还在雪白的世界

2018 年 11 月 11 日

科考人

拉萨感冒，那曲发烧，硬是扛住了
嗓子发炎，鼻内充血，愣是习惯了
手上打钻划了几道伤口，盐水浸渍，一道道愈合了……
我们是，藏北野人，高原硬汉

2018 年 11 月 11 日

注：11 月那曲科考——苦仄的底层科考人。在给北京的同学发的微信中，我自嘲：藏北野人，高原硬汉——拉萨感冒，那曲发烧，硬是扛住了。手上打钻划了几道伤口，一道道愈合了。

巴木措装船

为躲避白天的风浪，夜间上湖

矛盾

西藏，一个去了痛苦，不去又想念的地方

2019 年 6 月 28 日

注：回复武警指挥学院何老师的“又想去”。

西藏缘

不是所有的遇见都叫作邂逅
不是所有的黄昏都会有明月
只有在西藏，我们邂逅惊喜
邂逅草原，邂逅朝圣的心情
记忆的草原在歌唱之时
难忘的城堡穿越历史，金碧辉煌

2019 年 7 月 2 日

县城马路，一头牛不紧不慢地通过

藏北悠歌

我们在别人的画中，我们在我们的寒冷中
我们踏过皑皑白雪，走到金黄的草原
我们在流动的长途车司机眼中
看山峦里的风景，看我们

2019 年 7 月 14 日

纳木措

蓝宇透明珠，白云写大湖；
一船荡悠往，两雪披晚梳。①
暮浪千光皱，空原一风呼；
碎石堆岸扇，衰草睡野凫。②
牛轭水涸去，青泥苔露出；③
完工月不见，星火醒远途。
晨起日照炙，驱车转鸿舻；
所向扎西岛，高波摇曳逐。
天清水湛湛，云淡山秃秃；
藏地念青语，神山与浮屠。④
如此多峻美，凡尘安得渎？

注：这首诗创作于2016年6月，中国科学院纳木措多圈层综合观测研究站，作者时为中德纳木措浅地层联合勘测考察队中的一员。当时从巴松措租来一艘船作为湖上交通设备，大家轮流上湖值班。往往一大早出发，晚上11点左右才靠岸，湖上“游走”十几个小时，其间不停靠。此诗于2016年6月28日补充后定稿。2017年由胡云星谱曲成歌，民谣风格，网络上发布了Demo版，可试听。

注：① 湖上勘测一般走“之”字形路线，速度不能太快，以近乎匀速的方式左右穿行，故而称为“荡悠往”。“悠”字点出了当时考察队员在湖上工作的状态和心

情。“披晚梳”指湖南岸的念青唐古拉山主峰苍山负雪，在黄昏里黑白相间，像披发美人在梳头。

② “岸扇”是湖湾岸边波浪推挤，鹅卵石堆叠在一起形成的弧形堤岸；“野凫”即野鸭子，纳木措湖区有赤麻鸭、斑头雁、猎隼、棕头鸥、山斑鸠等数十种鸟类。湖中若干小岛，人迹罕至，蒿草深茂，成为鸟类理想的栖息场所。

③ “牛轭”即牛湖池沼，在浅水湾区，随着湖水季节性涨落，在低水位期，岸边的沙堤逐渐封堵向岸一侧的水域，形成新月形小湖或池沼。

④ “浮屠”，又作“浮头”“佛图”，亦作“浮图”，佛教语，旧译为佛陀之转音，即梵语 Buddha 的音译。佛语中有多层含义：一指佛陀，二指佛教，三指和尚，四指佛塔，等等。我国佛教徒多把浮屠理解为佛塔。例如，救人一命胜造七级浮屠。再如，因观音手持佛塔，故而称为浮屠观音。另外，佛教徒崇拜舍利、佛指、佛齿等，如见佛陀本身，故而造佛塔被看作积累功德。纳木措，被藏传佛教视为圣湖，念青唐古拉山主峰亦有神山之意，佛陀和神山都是永恒的存在。千百年来，藏族民众有“马年转山、羊年转湖、猴年转森林”的传统，纳木措即是转湖的圣地之一。

纳木措的云与湖

湖上见念青唐古拉山主峰雪山

念青唐古拉山

白雪终年皑，低云四季萦；
高耸入九阙，不易见冰容。
白房六七座，牦群一二声；
玛尼雨后笋，幡彩处处经。
麓平山野阔，流多出巨峰；
梵域青莲净，却惹凡思浓。

2016 年 7 月 6 日

那根拉鸟瞰纳木措盆地

行湖上远望格拉丹东峰

（一）

科考羌塘张措边，出航曙色正东天；
高湖向日散金羽，远岸斜垂围野圆。
峰傲苍穹三万仞，雪居云宇九千年；
西风细软催人勉，忙趁波平多走船。

2017 年 2 月 13 日

注：颈联得友指点，原为“峰傲苍穹千百仞，雪居云宇万千年”。此句是 2016 年 10 月 29 日湖上所得。

（二）

旭日起东南，行舟望远山；
巨峰矗苍宇，冰雪居九天。
沙岸长入水，野凫不畏寒；
凌波为观测，拟做世外仙。

2017 年 3 月 15 日

注："巨峰矗苍宇，冰雪居九天"为 2016 年 10 月 29 日湖上所得。走船测线简单而枯燥，但行船之中的美景是芸芸众生难以见到的。

湖上科考

赤布张措黄昏图

西天日暮苍山远，亿丈佛光照宇鸿；
更眺余晖东渡去，万柱红云起雪峰。

2017 年 3 月 15 日

注：2016 年 10 月 30 日黄昏得“西天日暮苍山远，万柱红云起雪峰”。傍晚西方红日落向苍山，红霞万丈，如佛光照顶。东天雪山，万柱长云腾起，被余晖一照，如红云龙腾起。

东望赤布张措云霞

羌塘行纪

人行高原，心在云天；澄澄流水，皑皑雪山。
敻远藏北，千里荒原；浑阔羌塘，千里风烟。
毡房寥落，散若星盏；牛羊麇聚，坡如卷棉。
晨阳炫幻，地黄天蓝；落日余晖，霭霞牵缠。
颠簸野径，沙尘弥漫；崎岖河谷，车阵陷渊。
裸山无数，风沙狼烟；黑石席地，寸草凄然。
百里逶迤，枯色恒颜；一昼辗转，暮色无边。
高瞻远瞩，极目人间；是为狂野，一马平川。
慨叹人寰，渊薮繁烦；慨叹双湖，别有洞天。
生命无束，何惧高寒；行路有涯，挑战极限。

注：2016 年 11 月 4 日，去多格措仁的途中，自双湖入羌塘腹地的腹地，车队行驶在海拔五千米的高原上，人皆震撼。拟“人行高原，心在云天……敻远藏北，千里荒原”。

年初藏北腹地之行

圣域冰冻寒，沟平流不欢；
西风凛晴雪，宝驾驰莽原。
千野奔眼底，藏歌绕耳边；
美哉梵家土，壮哉我河山。

2017 年 1 月 9 日

纳木措山北风雪路

过色林措

苍山无雪，大湖铺冰；天低剔透，蓝湛如青。

乾坤三彩，千里混成；有雪皑皑，有日熊熊。

湖上作业，小憩停歇；班戈班戈，班师回朝。

色林措湖冰与苍山

致鞠师兄

——在多尔索洞措勘测

莫道西风增雨量，大摇洞措破天荒；
风掀白浪入船水，冰到衣边结铠裳。
犹试钻台汹涌里，却哀身首噩梦乡；
迎风破浪本无畏，翌日出发仗鞠郎。

2017 年 2 月 11 日

作者与科考队员遇风浪返回营地

天上西藏

（一）

天上西藏，人间高原；
念中世外，梦里蓝天。
云飘碧空，月悬南天；
日隐苍山，霞耀高原。
空阔邈远，千差万别；
苍郁东南，荒凉喜山。
阿里莽原，那曲草原；
千里藏北，峡谷藏南。
构造神话，地理奇谈；
族类逆境，佛教参禅。
人行其远，厚地高天；
人行其久，道法自然。

（二）

天上迷西藏，人间恋高原；
白云白如雪，蓝天蓝似靛。

草长寒泥土，水流出冰川；
三江清源浅，可可西里山。
氧气俱稀薄，秋骸已风干；
苍凉望雄壮，空阔留邈远。

日隐苍山小，霞耀高原显；
碧空云飘去，南天月来悬。
不知援藏者，天路作家园；
坚守为科研，黑苦不思迁。
曾经念青下，朝向圣湖边；
可怜白云雪，纯净归自然。

（三）

日隐苍山渺，霞耀高原远；
云飘碧空里，月悬南天岸。

2018 年 7 月 13 日

阿里科考记

引子：

长须落白雪，天路催人还……雪天云归客，十五道春年……茫茫塞外天，杳杳回家路……

2018 年 9 月 25 日

（一）

辗转藏西北，光阴盈月迁；
长须落白雪，天路催人还。

（二）

阿里冬来早，晓寒没远山；
雪天云归客，十五道春年。

（三）

山气弥空谷，风号吹雪舞；

茫茫塞外天，杳杳回家路。

2018 年 10 月 9 日

从阿里回拉萨的 219 国道上

藏北牧歌

大湖落悠月，长野披晚辰；雾绕山上雪，风吹日边云。
色林原外阔，牧草绿无垠；季雨连日下，孤舟划微痕。
行车千万里，逐水入错门；越恰雹加雨，申扎冷上魂。
吴如湖水澈，赛布牧原芬；小伙憨来笑，阿加遮面晙。
白毡开麓野，炊烟问黄昏；藏北宽平浪，荒山前后村。
羊群自在走，野驴倔强奔；天地任车骋，涉河若飞军。
宏歌听不尽，丽影何处寻；千波随风去，雨后多绮云。

注：2019 年 7 月 14 日于 317 国道上。

黑云压湖

江湖源科考（补记）

科考借宿高原山村一夜次韵《逢雪宿芙蓉山主人》

路远车马困，原高物资贫；
深山闻犬吠，知有夜归人。

2020 年 4 月 3 日

注：考察途经藏北色林措到双湖多玛乡之间的小村，夜宿村委会走廊。末句“深山闻犬吠，知有夜归人”为 2017 年 7 月 6 日所得。

转湖杂记（一）

科考江湖源，整装去调研；
队旗飘藏北，足迹留高原。
山中雨不断，道路阻艰难；
湖转八九个，乡回六七遍。
风光谓旖旎，队伍满苍颜；
谁笑胡须短，皆如野人观。

2020 年 4 月 3 日

注：记述藏北班戈县到双湖县湖泊考察，其中“山中雨不断，道路阻艰难。湖转八九个，乡回六七遍”为2017年7月6日所得。

转湖杂记（二）

藏北湖群密，考察如战戡。
晨发班戈县，暮到安多南。
赛布通苍远，协德宿新酣。
山中何处窜，向北雨云间。

2020年4月3日

注：记述藏北班戈县到双湖县湖泊考察，其中“晨发班戈县，暮到安多南”为2017年7月6日所得。

京拉线返京途中所作

长龙跋涉尽山海，云宇高天驶客途；
北过黄河多荒漠，南行渭水乃平都。
延安东去吕梁亘，保定西来洋淀扶；
万里乾坤呼啸过，尘烟历史也说孤。

注：2017年7月16日过兰州黄河北去，吟一句“北过黄河多荒漠，南下渭水乃平都”，表示从北京到兰州南北两条线路的自然地理差异，感慨交通条件古今悬殊。

过祁连山

祁连横亘鸟飞愁，万丈高原下兰州；
湟水东流河口镇，青山黄土绿踌躇。

2020 年 4 月 3 日

注：记述 2017 年 7 月 16 日西宁到兰州所见，末句是指过了祁连山，山水本总体变绿，但因为黄土地貌的存在，使得绿色斑斑点点。

达巴乡

普兰西北西兰塔，荒漠荆棘滩草青；
辽阔山原奔野驴，自由天幕渡飞龙。
亚洲水系札达地，古藏王朝遗址坪；
沧海土林何巨变，沉积纹里道曾经。

2017 年 8 月

注：“奔野驴”是形容这片区域气候干旱，人迹罕至，遂成为动物的乐园；“飞龙”，指的是天空的云团变幻成各种形状，似龙在天空翱翔；“亚洲水系”，指的是青藏高原尤其西藏高原被视为亚洲水塔，印度河、恒河的源头都在札达盆地南北两座大山脉的雪山上，如象泉河（朗钦藏布）、孔雀河（马甲藏布）。这片土地方圆上百千米，罕见人烟，却是地质学研究的风水宝地，曾经是札达古大湖的残存沉积，如今风化出露，形成著名的“札达土林”。本诗为 2017 年 8 月自普兰向西北去札达县城考察时所感。

仁布县雅江

万流东去雅江急，千路西来国道齐。

浊浪滔天声震耳，高崖车似闯熊貔。

2020 年 4 月 3 日

注：首句“万流东去雅江急”作于 2017 年 9 月 3 日自日喀则返拉萨途中，仁布县雅江地势最为逼仄险峻。

色季拉山

路急山陡影婆娑，雾绕云缭谷峻峨；
老舵驾车平地履，客心提吊挂悬坡。

2020 年 4 月 4 日

注：此诗赞美夏秋之交色季拉山的林谷云海和司机超高的驾驶技术。2017 年 9 月初晚上 9 点过色季拉山去鲁朗小镇（位于林芝东边），夜宿中科院藏东南站，山上天黑，但可见山谷中白雪般云雾缭绕，仿佛仙境。开车师傅是“老西藏”，熟悉路况且车技“杠杠的”，夜晚漆黑而山路崎岖，却左冲右突，如履平地。

南迦巴瓦峰

（一）

峰矗苍穹刀刺天，雾萦深谷海生烟；
空绝落日镀金缕，直见真容若佛山。

（二）

久闻巴瓦峰绝胜，凡子难能见贵身；
已是黄昏临谷顶，不虞当刻睹金尊。

（三）

藏南多奇秀，巴瓦常氤氲；
凡子难得见，殊缘显真身。
此夕色季口，当刻南迦分；
峰脊团如簇，雪冰皎似云。
灵山莲花座，苍宇暮妊娠；
明暗洪荒辟，千神归落尘。

（四）

山霭暮纷纭，南迦镀金身；
灵光耀峰雪，宇宙归无尘。

2020 年 4 月 4 日

注：2017 年 9 月 5 日傍晚 8 时 25 分，在色季拉山口幸运地看到南迦巴瓦峰真容。傍晚揭开面纱，在夕阳余晖中灿烂夺目——雪山镀金，色调柔和，硕大的冰雪堡垒，赫然出现在前面的天幕上，矗立在山谷中央。第三首诗中的“分”在此表示“分明、清晰”。

色季拉山口观南迦巴瓦峰

南迦巴瓦峰日出（新韵）

（一）

南迦览绝胜，黄昏与日出；
晓寒凌色季，卯刻赏云湖。
雾霭蒸腾上，莲台昼夜浮；
青天浑如玉，万道散金乌。

（二）

初到藏南闻绝胜，奇缘才见雪莲峰；
群岩龙脊似刀剑，深谷云泽如大鹏。
天地妊娠乾坤布，佛光普照万物生；
人间沉醉蓬莱事，难道轮回滚滚行？

（三）

南迦巴瓦雪连峰，云海洪泽天浴灵；
日月浮沉千古律，人间滚滚道无情。

（四）

南迦雪居峰，云海浴万灵；
汹涌晨昏瀑，金身赐藏经。

2020 年 4 月 4 日

注：2017 年 9 月 10 日早晨 8 时 15 分，在色季拉山口幸运地拍摄到南迦巴瓦峰日出的全过程，在朝霞中群峰如晦——巨大的黑色山形，赫然矗立在山谷中央，宽阔的谷地云雾汹涌，蒸腾的景象仙气十足。

南迦巴瓦峰日出

南迦巴瓦峰日出（古风）

藏南奇秀，南迦金尊；孰能得见，震慑灵魂。
喷薄涌动，晴空妊娠；日出冰雪，山遮玉鳞。
宇宙洪荒，天地一轮；云海翻腾，光辉万丈。
时不我与，叹慨降临；万物萌生，恩泽千莽。

2020 年 4 月 4 日

南迦巴瓦峰日出

林芝山水

苍翠青山抱玉台，曲折流水向东裁；
尼洋河畔新城矗，四角环天松柏来。

2020 年 4 月 4 日

注：2017 年 9 月 5 日从拉萨到鲁朗，傍晚经过林芝城，因同行的西藏农牧学院李老师返家取东西而短暂逛了城区。高山谷地，群山披绿，山谷松柏森林苍翠，引人入胜。

尼洋河

滚滚尼洋水，青青藏南山；
群崖圈不住，百曲向东还。
汹涌育松柏，奔波带玉盘；
拙诚不可负，终汇雅江湾。

2020 年 4 月 4 日

注：2017 年 9 月 5 日从拉萨到鲁朗，傍晚经过林芝城，向东沿 318 国道翻山，可见尼洋河蜿蜒曲折。

车行波密县 318 国道

波密风光无限好，曲折国道客途惊；
白云相伴十八里，江水同行几座城。
峡谷幽林看不尽，雪川翠雾映长明；
双车急务飞驰过，已是桃源入梦中。

2020 年 4 月 4 日

注：“白云相伴十八里”为 2017 年 9 月 6 日所得，当时从林芝东出发去察隅，途经波密、然乌等城镇，一路上高山峡谷、溪流、森林相伴。318 国道穿山绕水，南面山峰顶部白雪皑皑，山腰云雾缭绕，下部葱茏青翠，真是一个世外秘境。

过通麦大桥

帕隆流绕此方回，易贡南奔巨浪推；
轻车过去松宗镇，不记古乡记饭杯。

2020 年 4 月 4 日

注：2017 年 9 月 6 日从鲁朗出发去察隅，途经迫龙沟大桥、通麦大桥，二桥位于帕隆藏布两岸山崖上。通麦大桥是西北来的易贡藏布汇入东南来的帕隆藏布之处。过了通麦大桥，一路东去，过古乡到波密县，吃午饭，然后过松宗镇，稍作休息。尾联指大家记不得路过古玉乡，只记得波密的午饭，还在回味。

迫龙沟大桥上观大拐弯

翠峰独矗入云霄，澎湃灰蛇至此挠；
雅水南奔千浪汇，大弯直下向平潮。

注：2017 年 9 月 6 日，我们车队途经迫龙沟大桥，观览帕隆藏布大拐弯，一座青翠尖峰矗立，让流水转向，滚滚南下。

宿察隅河畔

（一）

群楼鳞次陡坡上，翠树如团云霭中；
不看人间烦琐事，卧听窗外水流声。

（二）

黄昏至旅社，向晚觅食行。
山影清轮廓，彤云卷空濛。
惊看察隅景，卧听流水声。
难眠觉微冷，暗淡属霞灯。

（三）

向晚山桀骜，苍然似罴熊。
彤云终不散，半暗半明灯。

2020 年 4 月 4 日

注：2017 年 9 月 6 日宿察隅，旅馆二楼窗外就是察隅河（桑曲）。天气阴沉，气

候湿冷。其中“卧听窗外流水声”为 9 月 6 日所得。

察隅县城

记纳木措湖上钻探晚归见落霞景

金乌落西海，赤浪逐云天；

携胜驾舟快，乘风向暮山。

2020 年 7 月 26 日

纳木措落霞

卷二 青海卷

卷首语

2012年初春与盛夏，我随中德联合考察队沿青藏线，在可可西里北缘东昆仑山一带考察。营地设在西王母瑶池。业余时间舞文弄墨，略记行程所见所闻。今翻出，愿与朋友们分享。配图系作者自己拍摄。

组诗初发于天涯社区天涯诗会，以“扬子文斋”署名。今重新整理、编排、校对，希望读者以纯粹、自然的视角来审读这些带着温度的文字。

美丽的天峻

湛蓝的天空宛若纯洁的少女
白云点缀的容颜
清澈了凝重的山峦
灿烂的阳光洒满
干枯了的金黄色的草原
骊色的骏马将俊美
印在她的裙上
无数的绵羊
朵朵灰黄色的花
不管人间是否春秋变换
总不会败落

我们似乎染上佛教徒的虔诚
向西寻访一个古老的文明
宁静的时光
可以听见刚开冻的小河在流淌
萦绕稀少的人烟
偶尔飞过的鸟儿
几声啼叫留在辽阔里
西望夕阳的魅影

那一方圣土

在天之峻处

2012 年 2 月 20 日

注：天峻在青海湖北岸，是一座高原县城。马路宽阔，冬季人烟稀少，但城市比较新。

高原县城

另一种忧伤

金色的阳光
带着眷恋不舍的柔情
洒在寺庙的小院墙上
满含着青藏的孤独
远山一言不发
守候在这座小城的身旁
容颜那么苍老
见不到一棵高大的绿树
无风便是上天的赐福
没有刀割的疼痛

托腮于窗前凝望
心里有说不出的忧伤
因为过于美丽
日复一日地任随岁月
剥蚀清纯的心灵
因为过于纯粹
族与族间的磨合
已水乳交融
这是一片有信仰的土地

信仰又带来了什么?
应该是更圣洁
而不是躁动
——天只有蓝，蓝得忧伤
却看不见一滴眼泪
因为她早已干涸

2012 年 2 月 21 日

注：冬天，透过窗外看到宽广低平的谷地中，低矮疏落的民房灰蒙蒙的，还有看起来很朴素的厂房。早晨刺眼的阳光照着没有一丝绿意的地面，两个小喇嘛走过，西风寒冷，小城萧瑟。

天峻景色

哈拉湖之夜

浩瀚的高原埋没了山川
夕阳也忍不住荒凉的折磨
西天的地平线乌云被点燃
山色并不鲜艳
留下远方的灰漠的孤独
这孤独笼罩着整个哈拉湖
此时，她被厚重的冰层封住
西北风呜呜肆虐
扫荡着她的睡梦

梦里看天，星星挤满低穹
数颗璀璨、幽蓝的光芒——她的银钗
周野空寥，只感到大气的稀薄
传说的狼不知在哪里安眠
亦听不见任何生命的声音
只有冒险的帐篷里透出
几道温暖的金黄色光
这里，再不是人类的王国
进入它，你就与世隔绝
只需几日

你就回到原始

走向纯粹

2012 年 2 月 23 日

注：青海第二大湖泊，位于祁连山西边，咸水湖，最深处六十四米左右，湖泊呈卵圆形。

作者在冰雪哈拉湖畔

孤独的抗争

青藏高原的西北风
宣泄着持续了数万年的权威
这里的荒草挣扎着
这里的牛羊挣扎着
这里的土地挣扎着
这里存在的一切都挣扎着
我也跟着挣扎
挣扎在人生的苦海

山峦没有一丝的绿意
向阳的一面清晰地
镌刻着千百万年的皱纹
还要默默忍受风霜雨雪的继续剥蚀
是守望着什么吗？
从深邃的海底隆成今天的雄伟
身体在碎裂，填在渊谷
积在麓原
偶尔被长途的河流携回大海
——它在等待回归？

三千米海拔的城市
孤零零地卧在山坳里
一片寂寞的草原围坐着
只有稀疏的公路连着
它还跳动的心脏
可知道被漫漫荒凉包裹的滋味?
可知道抬首望见天将压下来的感觉?
这是一场孤独的抗争
青藏在煎熬着海拔
没有丝毫的怯懦
只有美丽的孤独

2012 年 2 月 29 日

雪后山原

请把我流放

请把我流放
流放在青海湖畔
咸咸的湖风没住
金绿的草原

在枯黄的季节
向秋天迁徙
河流开始冰冷
羊群也要远离

眷念高原的夜晚
星辰是仙子的明眸
风不改凶残的本性
肆虐着我流放的毡房

我不知道哪一刻睡去
哪一刻醒来
我不知道哪一刻死去
哪一刻又轮回

羊群慢悠悠地啃食岁月
山峦一点点地佝偻
我请求流放自己
流放在它们身边

春虽没有江南的葱绿
夏却有广阔的盎然
秋虽没有红叶的漂泊
冬却有冰雪的浪迹

三千里枯黄
这一刻，我选择流放
请把我流放
流放在与天最近的荒原

2012 年 2 月 29 日

冬日小河

走出城市，置身原始

带着一颗城市的心
熏陶了许久的小巷烟风
走向世界的屋脊
无名的原始广阔而强烈

调色师将灰褐色赋予这片土地
我并不全信
绿的子孙只在谷地深处
等待春夏的召唤

向更高的海拔行去
天际线就在无垠处
草木疏落，似无却有
散乱着一场战争过后的人马尸体

我的心太小
装不下这万亩的荒凉
冰退后的抛弃
多么悲惨的别离
那些漂砾——母亲在哪儿？

我可以不住地呼喊
就站在山峦最犀利的峰角上
西风与季风的纠缠
挽留了多少矢志学术的中外学者

走出城市，置身原始
我不要去寻找所谓的文明
我要去寻找环境之源
地球之根

2012 年 2 月 29 日

天路之弧

死在荒原

曾经的茁壮
和鲜绿的草一样
点缀在青藏的天然画卷里
曾经的奔跑
卷起白茫的狼烟
迁徙是为了更好的家园

命运之神总要淘汰
我选择了退役
死在荒原
乌鸦啄去我的皮肉
烈日风化我的枯骨
还有一颗头颅
和那坚挺的牛角
筑成我唯一的坟碑

怀念？
草原依旧走着春秋
河水兀自涨落情绪
没有什么可以万古不化

归于大地

也许正是生命最好的归宿

2012 年 8 月 29 日

注：昆仑山中的草原上常见牦牛、羊、驴的枯骨，任其风化。

深山里的矿工

起伏的山峦
遮住了家乡的背影
一辆摇晃的卡车载着
数家的渴望
奔向深山

路，蛇绕一般
九曲在山腰
望一眼，折向天边
埋头吧，挥钻向大山发泄
钻碎一块磐石
普通的纹理
正如普通的矿工

时间，早已被重山磨灭
只是日出与日落
只是天晴与天阴
唯在九月
雪花飘满山间
才知大雁飞向东南

自己只是奔向帐篷
找寻妻子的嘱咐
披上一件陈旧的棉袄……

2012 年 8 月 29 日

昆仑河上月色

傍晚的昆仑河
带着清冽的琼浆
醉入高原的锦帐
西头连着西王母的瑶池
宛如天边的彩带
系住雪山的纤腰
余晖明媚着山峰的曲线
东边一轮明月越过山头
奔向南空
却羞怯得时常隐在一片薄云里
终于，将银白的光芒倾泻
整个高原沉浸
四周山色迷蒙，稀疏的星星
镶嵌在瓦蓝的天幕里

美，远不止这些
昆仑神毫不吝啬
昆仑河清波东去
映下那明月的粼光万斛
少女的眸光，璀璨的宝珠

流淌的美丽
寒冷成为勇敢者的酒酿
今晚，我们偎着雪山入睡
今晚，我们枕着月光入梦
今晚，东去的波光可也映见
我遥远的家乡

2012 年 8 月 31 日

注：昆仑河，格尔木河上游部分。

昆仑河月色

爱上蓝天

爱上蓝天，毫无理由
正如泉水眷恋高山
昼夜不舍，生死相随
它的纯蓝，是心灵的底色
回归的总是神的故乡

人本自然，一抹烟霞的养育
需要蓝天的抚慰
蓝天是大自然的良心
你污染，它只会退缩
退缩在高原，隐居在青藏

蓝天的退缩，不是自然的懦弱
留一方纯净在云的端处
给人们一个美丽的向往
成为标本，促生无数的痛恨
这痛恨会酿造
酿造平原的革命
如我，爱上蓝天
也就恨上城市的阴霾

2012 年 9 月 12 日

第四纪的爱

我想我对你的吻
应该是全新世温暖期冰川消融后
遗留下的无数个清澈澄净的湖泊
散落在蓝天白云下的青藏高原
或者北美林海冰缘之间
玲珑剔透，颗颗如珠
任随第四纪的风如何扬尘
那吻湖，千古不变
永不褪色

2015 年 10 月 27 日

可可西里考察诗记

题序：2019年10—11月，我跟随高原湖泊与环境变化科考队进入青海省可可西里自然保护区考察。这组诗作于考察期间：或在帐篷休息期间，或转场下一个营地的路上——摇晃的车里，看着窗外的无人区，想着早晨的湖上之景。在无人区的日子，除了野生动物，就是我们这一行人。这组诗最早发表于《西藏人文地理》2020年第01期的可可西里专辑上（中国知网可以查询下载），作为团队科考专题报道的一部分。

西金乌兰湖的早晨

早晨的西金乌兰湖静悄悄
兴奋了一夜的西风停住了吼叫
湖湾像打磨过的一块珊瑚玉
东边平湖外的远山涂上腮红
营地外湖边两艘船留下美丽的剪影
高挑而纤瘦的发动机是她动人的发髻

九点零九分，一艘灰白船率先划破这宁静的湖面
我们像一支离弦的箭
刺向宽大的主湖区，凛冽而清寒

万里无云，瓦蓝色的碧空如洗
航速每小时 28.9 千米，航线的尽头是
岗扎日冰川，高耸在可可西里山的西巅
背后是橘红色的霞天，平静而浩渺

我们飞驰在圆盘状的湖面上
呼出的白气模糊了偏光镜，又在帽檐凝霜
重装严裹，怎奈两只脚还是冻得生疼
队长把船板跺得山响
在第一条纵穿的测线上，一群野鸭扇动翅膀
并排竞逐，看，这是谁的世界沉浮？

乌蓝色的湖水泛着粼粼清波
微风，湖鸥，又增加几点白花
测深船飞过，一道翻滚的雪浪
打碎了朝阳的化妆镜
一片花海，万点金光
返航！不早不晚，湖湾熨平玉裳
靠岸！恰如当时，冲锋衣上水珠未凉
金黄的颜色写在脸上，喜悦而沧桑！

2019 年 11 月 1 日

乌兰乌拉湖

第四纪新构造运动的鬼斧神工
将乌兰乌拉山的西段砍断

张开嗷嗷待哺的精灵之口
乌兰乌拉湖，可可西里之谜
乌兰乌拉湖，天地之唇，上帝之吻！

2019 年 11 月 26 日

注：10 月 22 日至 10 月 29 日，考察时觉得该湖形状乃似人的嘴唇，犹如上帝之吻。

勒斜武担湖之歌

勒斜武担湖，湖长人更忙
马达响四方，雪山戴晚妆
清波摇绿芳，滚云卷珠霜
浪起冰花镀，鸟飞踪影藏
一船孤向北，两目满归航
西风不入夜，秋深自微凉
思人多帐外，宇宙暗忧伤①

2019 年 11 月 26 日

注：2019 年 11 月 3 日，出航时偶得“马达响四方，雪山戴银妆”。这首按体裁本应放在传统诗词之列，但为了保持本组诗的完整性，故而未移动。

① 指想家的或思念远方的人在帐篷外打卫星电话，宇宙倾听了，都黯然神伤。

勒斜武担湖

此日晴芳好，湖平云亦少。帐外临堤送目，水光山色无限，清波浩渺。微风此度，雪影那般，谁堪消受？

一船箭如发，须臾离岸杳。舷上得意，回望营地万景婆娑，蓬莱返照。“之”行神速，逆浪何惧？怎辜负，天气妖娆。

2019 年 11 月 5 日

注：按体裁本应在传统诗词之列，但为了保持本组诗的完整性，故未移动。

勒斜武担湖清波映岸

可可西里湖

可可西里湖，向西是一条扑食的独狼
向东是一匹飞驰的骏马
可可西里湖，在西风那，咆哮成惊天骇浪
在月光下，安静成星夜的藏羚羊

可可西里湖，迫不及待，回到冰河时代
北岸的湖湾冰坎连绵，浮冰要和时间比赛
东北岸山坡风吹着雪，雪盖着沟沟壑壑

科考队走投无路，住在倾斜的山原，积雪花白
两天过去，仅存的湖湾也要结冰了
浮冰像水莲花一般，美丽而凛冽
推推搡搡拼接成湖的花地板
我们的船生生破开，不能滑行
黄昏下，浮冰留给船一道道金色的伤痕

可可西里湖，更冷了
它不是独狼，不是骏马，不是藏羚羊
是西风驯化未成的一只魔兽
摆动尾巴，吞噬冰花，赶走我们

2019 年 11 月 26 日

太阳湖之子
——记索南达杰纪念碑

高原的深秋把河流冻得结冰了
只剩下中间一块船形高地
高地上竖着一块花岗岩的纪念碑
索南达杰！

高原的深秋还把顶上的天空染成灰蓝色
只准许冷峻的西风扫过空旷的山谷
山谷除了漫漫荒滩，就是皑皑白雪戴在山巅，系住山腰[①]
庄严肃穆

可可西里，宛如美丽的少女
英雄倾情，追捕伤害她的盗猎者
太阳湖畔，一声枪响让他含恨不已
那矗立的幡台，是他的期盼，我们的追思

让高耸的布喀达坂峰见证
打击盗采、守护净土的遗志没有忘记
让激荡的太阳湖见证
保护动物、献身家园的精神永续发扬

黄沙为邻，你不会寂寞
宽平的冰河是碑前的纪念广场
我们，一群后来的科考队
向你致敬！

2019 年 11 月 26 日

注：① 指两边冰川向山谷延伸的冰舌，这句将它比作腰带。

卓乃湖

卓乃湖受伤了！
羸弱的身躯蜷缩在湖盆最深处
周围的裙摆掩盖上厚厚的风尘
黄沙覆盖的古湖滩，流水干涸

从前丰美的水草扩张到岸边

藏羚羊，这高原的精灵在此产仔
而今通流的库赛河阻隔了归路①
秋冬的河湖情变，成为新的沙源地

我们遗憾，没有看见传说中的迁徙
我们惊慌，营地就扎在黄沙掩盖的冰上
我们期盼，驾船湖光山色宛在水中央
我们知道，卓乃湖是可可西里的爱心②

愿这爱心，永不凋零

2019 年 11 月 26 日

注：① 2011 年 9—11 月卓乃湖因强降雨而溃决，引发下游库赛湖、海丁诺尔、盐湖一连串上涨，直接威胁青藏公路和铁路。②指卓乃湖的形状，在地图上看，很像一颗心。

（乌兰乌拉湖像人的嘴唇，西金乌兰湖像一朵祥云，可可西里湖像一匹飞驰的骏马，卓乃湖像一颗爱心）

可可西里考察之路

高原情

盘山飘云带，登岭望林涛。绝巘重重复，离岩亦嶕峣。非有惊人胆，莫上日月山。向晚叆叇日萧萧，是冰雹。

旖旎青海湖畔，蜂箱簇簇团团，更有雄鹰翱翔。平原草绿如泻，牛羊如朵，天色妖娆。移步皆风景，叫人怎不折腰？

2011 年 9 月 19 日

西王母瑶池西北观览遇雪

仙道山，王母畔，悠悠不见，古人痕。千层岩，百丈悬，荆草红棘，罅缝深。来无声，去无闻，天地纷。

亘久流沙，微微荒原，我也独尊。登高凭望，南谷空阔，云气郁郁。落雪斜飞，一片茫茫都不见，几回真？

2011 年 9 月 19 日

昆仑歌

大雪纷纷下不停，荒原漫沉沉。茫茫昆仑几何青？一望无垠雪飘零。登高傲绝巘，驻足意逡巡。河山今风秀，江海曾血深。传说道家源此地，千古开唱一学尊。

世人侁侁拥何处？东南小地日趋浑。可堪此，高山湖映，流云飞鸟，一溪清奔。牛羊匿迹失无常，牦骸泠泠，孤狼卧星辰。瀛寰寿长，众生须臾，难遣逍遥魂。

2011 年 9 月 19 日

青海行

朔风走西北，人寰雪连阴。青藏入云处，百山归肃纷。万里空蓝湛，晴色在白云。金黄染枯草，牛羊印冬唇。土路修愈多，似刀剪，割不断，是三千里雄浑。

海拔催城少，城少孤独奔。映月入幽谷，车行不见村。荒原层叠尽，远丘又纷纭。巨砾陈横野，寒冰卧渊深。险峻坡下处，弯似肘，漆黑阻，非有惊天胆莫走。

2012 年 3 月 1 日

注：2012 年 2 月 19 日至 2 月 26 日到青海考察，2 月 26 日下山，但卡车发动不着，司机先下后返，我和同门留守，傍晚才出发。夜空漆黑，由哈拉湖翻越五座山而到德令哈，一路险峻，今作此词以纪之。

高原慨歌

冬日荒凉覆青海，千里驱车总冰天。
大漠起在云飞处，长溪没入林复间。
叠叠远山伏不尽，漫漫曲路走难完。
高阔屋脊人人叹，可愿逍游不胆寒？

2012 年 3 月 3 日

冬日高原行

坐看高原八百里，夏冬迭换各殊同。
雨多山谷时时绿，雪满荒丘处处冰。
枯草绵延裹天地，牦牛闲步笑寒空。
旅途风景看不尽，壮阔海西总浑雄。

2012 年 3 月 3 日

夜宿德令哈

北抱苍山南依水，上接青天下瞰原。

通明夜夜辉煌地，独居高处渺人间。

2012 年 3 月 3 日

昆仑山中

昆仑屹青藏，千仞作寻常。
手可拨云雾，语能惊天狼。
初秋即飞雪，盛夏总清凉。
自在神仙住，瑶池醉夕阳。

2012 年 8 月 30 日

昆仑河月色

四周山隐竞轮廓，月照长河涌千波。
天宇星稀幽冷在，不知东去家几何。

2012 年 8 月 31 日

注：日间大雪，晚间满月。

高原曲

月映昆仑河，高原自诗歌。
雪山枕边伴，蓝宇头上摩。
抬首见飞鸟，低头是清波。
苍鹰偶比翼，鼠兔私语多。
出门山满雾，归时日倚坡。
风雪常相送，白云总袅娜。
问君高居处，海拔四千五。
不食人间火，荣辱凭谁主?
乐哉三百岁，总是道家骨。

2012 年 8 月 31 日

注：日间大雪不止，至晚方歇，有一种陈子昂诗作的感慨。

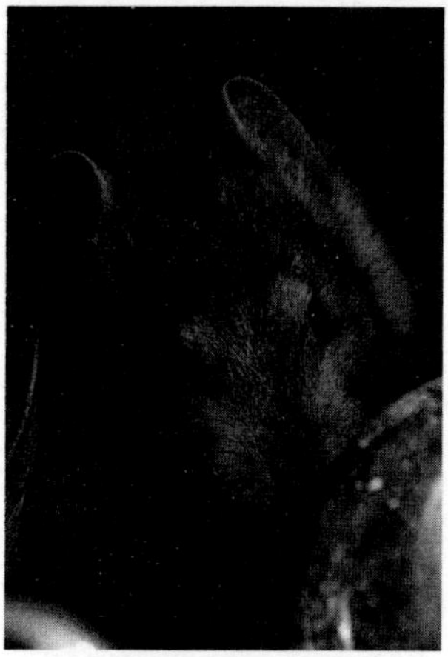

高原鼠兔

记忆

穹隆簇共和，花锦满藏歌。柳叶眉清秀，明星目柔波。
莹莹留春在，婉婉赠笑多。苦恨相识短，匆匆忆袅娜。

2012 年 9 月 12 日

注：2012 年 8 月中旬，陪同德国科学家住共和海南宾馆，餐厅里有一藏族姑娘，笑语嫣然，服务热情，至今记忆犹新。

兰州手抓羊肉

西北美味在兰州，手抓羊肉总难求。
细嫩无膻清煮色，须臾啖尽意未休。

2012 年 9 月 12 日

注：2012 年 9 月 7 日晚，司机张师傅于黄河之滨请尝手抓羊肉，二斤不足抒胸臆。

卷二 天路卷

卷首语

四十一个小时——漫长的旅程开始了，穿越中国三大地貌阶梯：青藏高原—黄土高原—山西高原—河北平原（西藏拉萨—那曲—青海格尔木—德令哈—西宁—甘肃兰州—宁夏中卫—陕西—山西—河北—北京），伴随我们的将是“八千里江山如画，五万幅秋色入窗”。

回京记（组诗）

今夜翻过唐古拉

今夜翻过唐古拉
我在睡梦中思家
今夜翻过唐古拉
我旅行在人间最高的天涯
这里没有人类的家
只有雪花
这里的月是宇宙绽放在地球的一朵硕大奇葩
伴我今夜翻过唐古拉
耳畔只有列车的轰鸣，长长的铁轨嚓吧
伴我今夜翻过唐古拉
还有绵延不绝的山峦披着百里枯黄，沉默不发
高处不胜寒，水涸去韶华
今夜，我要翻过唐古拉
找寻人间的家

2016 年 11 月 14 日

那曲月色

早晨的格尔木

天空还只是鱼肚白
天际泛着处子的腮红
灰蒙的山影横亘在远方
近前广袤的黑石滩冷凝着广袤的荒凉
列车从昆仑山口俯冲而下，撕破晨色朦胧
金色的阳光，镀满百里戈壁滩
不见格尔木河的奔淌，只见稀草的衰黄
格尔木，我想见绿色
你说，高耸的山脉挡住了南来北往的水汽
纵然拥有唐古拉北麓的可可西里
也抹不去东昆仑山裸山无数，褐颜四季
瑶池王母，周穆王怎么来会？
在干涸的柴达木盆地西缘，冰川的泪流尽
格尔木，这座大陆孤岛，腹地孤儿，无声地淹没在壮丽的曙色里

2016 年 11 月 14 日

格尔木河谷，昆仑山中

车过德令哈

山影绰约，列车并不留恋，呼啸而过
行步匆忙，我与德令哈擦肩而过
已然丰满的大地，带着秋色的金波
我想起了海子的诗歌
哦，他也曾到过
这座青海湖西北的小城，留宿
那一夜，他体味着高原的孤独
这一刻，我遥想着当年的事故
慢慢地，岁月恍惚
我们“同在”德令哈，将灵魂锁住

2016 年 11 月 14 日

德令哈火车站

湟水西宁

青海湖草场枯黄了
列车一头扎进苍茫跌宕的祁连山脉
一窗秋色袭来
萧疏白桦林，淙淙冰流水
接连不断的隧道隐藏其中
抵不过峡谷与溪流的反复暧昧

兰新高铁那高挑的身材
挺立在黄褐色的大地上
多彩的城镇，像是散落在大山巨谷中的珍珠
被一条条细细的丝线，串联
湟水谷地，都市西宁
携着雪域高原的圣洁祝福，接受西北来的大通河情，注入黄河
湟水，短暂却闪耀，那明珠就是西宁

2016 年 11 月 14 日

西宁市景

湟水入黄河口

黄土高坡，我穿堂而过

我乘西风，玉门关内，黄河岸边，秋色阑珊
祁连山下，巨龙蜿蜒
这个平静的黄昏，夕阳惨淡

我，闯入了中华的渊源，龙的后花园

陇山曾经森林茂繁
黄土高坡曾经生机盎然
幸运的钟摆孕育了璀璨的中华文明，那么悠远

只是，天有不测风云
第四纪的凛冽寒风卷来中亚漫漫黄尘
在文明的摇篮里肆意践踏
红色的森林土不见了，黑色的栗钙土太薄了
挡不住白头巾手中饥饿的犁铧
啊，黄土啊，如何就成了我的家？

河水其黄，黄河名河
黄色，从此成为整个民族的崇拜色
也印满了我们的记忆
在《史记》里渲染，在《水经》中纠缠
看闻名中外的洛川剖面
一层又一层，黄褐交替，那何其不是我们民族的历史
——悲壮的五千年？
就在这“几”字形的河套地区，黄河在流泛
赫连勃勃的统万城，过眼云烟
当年的狼与羊生死循环
前时，胡服骑射；后时，百魏化汉
从辉煌的代郡到被动的九边
晋商成了文明回光返照的地域奇迹
望着苍茫一片的腾格里沙漠
稀弱的灯光是留守者的眼睛
星星点点，犹如文明史的残片

余晖渐退，金黄转为肃穆
一窗的千沟万壑
向谁诉说？
黄土高坡，华夏的殿堂
而今，你衰败荒凉
如今，你佝偻踉跄

厚重的历史已然沉淀为二十五史
遗憾，人们只记住恢宏的汉唐
不知，打上贫穷落后标签的黄土下
才真正埋藏着我们的滥觞
那黄，是炎黄！
那土，是故土！
只是，月明依旧照大千，不见千古人寰！

2016 年 11 月 14 日

注：黄土高原，从兰州到太原，一千多千米——很远很长。

西望兰州城

湟水谷地流水切割的黄土剖面

太行山上

带着陕北黄土的风尘
越过北宋的边塞①
从荒秋的绥德跳过黄河
我在山西高原，太行山上
遥想当年，宝塔延安
几万热血男儿东渡，一场敌后抗战
叱咤风云人物，看我吕梁英雄
东洋唏嘘，“名将之花，凋谢在太行山上”②
八年春秋，南北纵横③
太行山，我们的龙脉，民族的脊梁④

2016 年 11 月 14 日

注：①北宋与西夏交界，设立边军，今列车从宁陕及内蒙古界定边县入，经靖边，入绥德，过黄河而入山西吕梁市。看今陕北夜景，一马平川，县城灯火辉煌，一片祥和。

②侵华日军阿部规秀，中将，据说是擅长“新战术”和“山地战”的专家，在当时日本国内被称为“名将之花”。1939 年秋，此人被八路军用迫击炮击毙在太行山地区（河北省广灵县境内）。

③太行山南北狭长，处在山西东缘，是山西高原与河北平原的分界线，这“纵横”既是指地貌上的，也是指战略上的——我军南北叱咤。

④太行山地理位置特殊，是我国北方南北走向山脉最东的一座，不仅起到了地理屏障作用——早期阻挡了海水入侵和洪水泛滥，而且为黄河文明的扩展提供了安全的台地。此外，不仅自身东向出山河流如清河、滹沱河、淇水，乃至永定河等发育三角洲，更像天然大堤让黄河早期沿着东麓发展泛滥平原。华北粮仓，攻守容易，太行山却保存了文明与民族的火种！诚如地貌图上，那重重的一竖，神似“中华民族的脊梁”。

河北平原

如决堤的洪流，冲出太行①
上溯盘古，黄河泛滥，流路无常
荥阳以东，黄河三道，天荒地苍②
河北，从水泽到平原，沧海桑田③

《禹贡》北走，天下漫流，人曰辫状④
东周大河，汇流黄骅，厚重的尘埃落定⑤
秦汉大堤，叫巨龙之尾安稳了八百年⑥
继而有了曹魏鼎立三国的邺城，歌吹满卫河，佳丽过三千⑦

雄心勃勃的隋炀帝南凿北导
永济渠流过盛唐，干涸了五代十国，荒废了北宋霸业与南宋泪眼[8]
公元 12 世纪初的那场宋金之战，徽钦北掳，河水南下[9]
徒留下 岳飞的《满江红》
黄河改道，夺淮入海，后半段的中国史就此暗淡下来

这一改就是七百年！与河北再见！
成败乃京畿，明清中兴，河北平原大开发
惋惜！清末一场铜瓦厢大决口
冲灭了希望——河水又从鲁北入了海[10]
唉！窗外惨淡的旭日披着灰蒙蒙的晕影徒增了我无限的伤感！

这里，从先秦的不毛之地到汉唐的烟火人间
从明清落后农区到近代交通要地
昨日已是华北漏斗，地下水退却了
今天袭来浓重雾霾，空气混浊了
河北又一次陷入发展的陷阱！

本是华夏新土，却未能扛鼎
沃野千里，何时扭转乾坤？
燕赵史诗待续，京畿福地犹是
东方初升，一波三折[11]
雾霾散去，相信将是千里河原如画！

2016 年 11 月 15 日

注：①列车自太行山中部驶出，正沿着滹沱河南岸向前，黄河则沿太行南端东出，故说“冲出”。

②三道，即北中南三条河道——太行东麓，黄骅或济水东营，夺淮入海。

③河北早期为黄河下游泛流区，春秋无居民，战国后逐渐硬实。

④《禹贡》记载河道即北路，太行东麓。

⑤东周大河，即东北向入黄骅。

⑥黄河东汉以后安流八百年，史家争论不已，近代多位史地学者从黄河中游黄土侵蚀角度厘定。东汉大河，走中路，略同今日，偏北。

⑦卫河，汉作白沟，隋同永济渠，宋曰御河，明称卫漕，清代因该河发源于春秋卫地，终止于天津卫，取其首末两端“卫”字而名之曰“卫河”，一直沿用至今。

⑧隋唐大运河，以洛阳为中心，北到涿郡，南到余杭，通过通济渠、永济渠两大渠道，沟通了海河、黄河、淮河、长江、钱塘江五大水系，总长 2700 千米，为中国南北大运河。608 年，隋炀帝令向洛阳东北开凿永济渠，沟通沁河、淇水、卫河，溯永定河而上，达涿郡。

⑨公元 1127 年，靖康之变，北宋结束。

⑩公元 1855 年，黄河于铜瓦厢决口，但清朝朝廷忙于时乱，至 1875 年改道中路，结束 700 年夺淮入海。

⑪一波三折——河北，先秦入汉唐，是崛起，涌出耀眼的燕赵文化；宋元以降，是衰落，大地逐渐干涸，水稀缺了；近代而今，是复兴，但雾霾笼罩，蓝天没了。

归京城

旭日东升，我从遥远的青藏逐日而来

光芒万丈，路轨从四面八方会聚站台

啊，北京！我漫长的等待！

从雪域高原到黄沙戈壁滩

从陕北圣地到五台莲开

我一路向东

地铁入口，我披着野外的战袍，提着脏旧的战靴
手里还拖着早已磨旧蒙尘的旅行包
目光呆愣，不知所措

很不幸，我遇上了京城的早高峰
我，是夹杂在人群里的类人猿
即便缓慢融入，我还是与社会生疏
不是空降，却如此陌生
也许，我亲近了自然，却疏远了人类！

2016 年 11 月 15 日

天上西藏如梦

想念西藏的蓝天
无边的秋色铺满群山
淑静的沙柳小路向晚
抚慰落叶憔悴的容颜
这里是，天上人间
一个声音道：该吸霾了
我回一回头，望了望北京的天
不再梦言！

2016 年 11 月 15 日

注：朋友调侃：八千里回京，一路诗情！

拉萨水墨秋色

归京记

（一）

今日回京途漫漫，绿龙驰骋更悠长。
高原迤逦那曲北，青海雄浑湖色苍。
才下祁连过河水，还行黄土到太行。
八千里江山如画，五万幅秋色入窗。
一马平川霾雾破，稍息已是近朝阳。

（二）

迢递归途过八省，行程两日昼天长。
八千里江山如画，五万幅秋色入窗。
才下高原接宁陕，还观黄土到太行。
一马踏来晨雾破，平川稍纵近京乡。

2017 年 2 月 26 日

拉萨的落叶秋光

天路之旅

日记：2017年6月3日晚，由北京出发至西宁，过太原。

背负行囊，在这个初夏，再次开启长长的旅途，放开羁绊，奔赴远方……远方永远在“远方”

——读海子《九月》

九月　海子·作

目击众神死亡的草原上野花一片
远在远方的风比远方更远
我的琴声呜咽泪水全无
我把这远方的远归还草原
一个叫木头，一个叫马尾
我的琴声呜咽泪水全无

远方只有在死亡中凝聚野花一片
明月如镜高悬草原映照千年岁月
我的琴声呜咽泪水全无
只身打马过草原

2017年6月4日

南下藏北

今夜，翻过昆仑山、唐古拉山
今夜，一条黑色的龙闯进雪的荒原
今夜，只听见铁轨送行车轮的呜咽
路基下，埋着不屈的脊梁

2017 年 6 月 4 日

可可西里，唐古拉山北麓

行在海西雪山边缘

白色的云雾轻轻拂过尚未完全返青的戈壁
滚滚的烟霭浸润着整个天地
雪山的雪比童年的心还要洁白
忍不住，在德令哈简约的小站，吸一口，湿漉漉
清爽！
水国的心，在干涸的土地上，却得甘霖！

2017 年 6 月 4 日

青海湖西边干草原

车过乌兰草原

六月的高原，湿气只在祁连山
四千米的山顶，擎着纯白的房毡
云雾做成天使的纱缦，遮住绝世的容颜
通往红尘的路，远在天边
我带着朝圣的心，打马走过你的草原
多么渴望，洗去岁月的风尘
带入你善的家园！

2017 年 6 月 4 日

注：温润如玉的远方佳人，就像乌兰的雪山。姑娘，我为你写诗。可是我从未想过，居然在世界屋脊上，在昆仑山口，在玉珠峰下。

德令哈谷地绿洲（乌兰县西北十几千米）

过昆仑山

昆仑山口的小站，雪山装点的圣园
今夜，我在世界的屋脊，为你写诗
省去所有世俗的花语，双手捧满高原的野莲
我在雪山眉边，玉珠峰下，为你写诗
那些灿烂的祝福，持久的热情，那些年月的坚毅，打磨的虔诚
今夜，统统赋于字里行间
低吟，或浅唱……今夜，我在天上西藏，为你写诗!

2017 年 6 月 4 日

注：登昆仑兮食玉英，与天地兮比寿，与日月兮齐光。

我在青藏高原为你写诗

子夜车过昆仑山
我在世界屋脊上
为你写诗
今夜
我在天上西藏
为你写诗！

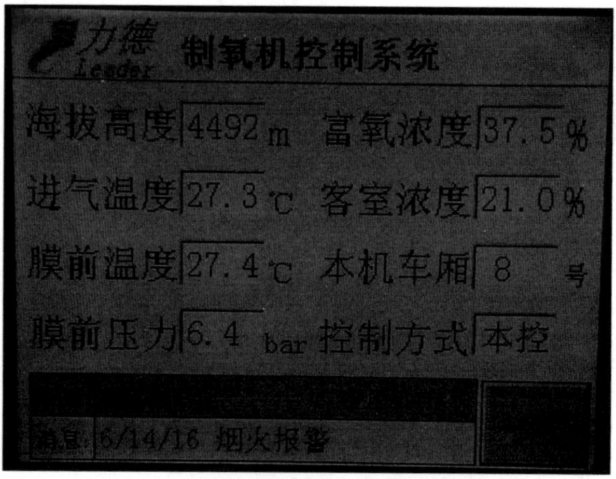

西宁—拉萨高原专列的海拔表

青藏科考日记　系列一

转山转水科考历险记

藏人转山转水，心中有虔诚的宗教信仰。

科考人转山转水，心中有坚持的科学信仰。

作为科考日记，撰于2018年9月27日从日喀则返回拉萨途中（车上），为便笺随笔日记，一气呵成，原题目为《转山转水科考队》。最初只分节，注明序号，后回京整理，添加配图。目录上仅添加地名或行程作为各节名，如（一）拉萨—昂仁；（二）翻过冈底斯山，陷车沼泽地；（三）昂孜措边；（四）北上尼玛，乌云闪电；（五）从姆措丙尼到扎日南木措；（六）夜路凶险，露宿荒野；（七）进入阿里地区；（八）鲁玛江东措；（九）风浪阿果措；（十）中秋节；（十一）打加措；（十二）回拉萨（附诗）。后此图文版被青藏科考公众号选中，限于篇幅，改为三期发布，于是每期单独命名，每节重新起名，以飨读者。文章总名称也更改为《转山转水科考历险记》，根据路线和行程阶段分为三篇：《路在何方》《湖上风云》和《胜在归途》。这三篇文字在公众号连载，吸引众多读者。

随后，沈阳作家网（原盛京文学网）全文转载。因考察活动主要发生在西藏自治区境内，故亦名《西藏科考历险记》。

此章未注名配图人的，拍摄者均为陈浩。

《转山转水科考历险记》序言：

为执行第二次青藏高原综合科学考察研究和亚洲水塔联合攻关，一群科研人员跋山涉水，历时三十五天，行程达八千千米，测量湖泊面积两千多平方千米，测线八百多千米，获得了十四个湖泊的水下地形与水化学数据、沉积物与水样样品。他们追求科学，探索自然，在地球第三极留下了一串串足迹。

路在何方

星夜兼程，风云赶路

我们从拉萨出发，彼时拉萨河兵强马壮，宣泄着雨季的傲慢。318，这条源自上海的国道，迤逦千里，走曲水，到仁布。雅江暴涨，浩浩汤汤，国道塌方再塌方。天上流云，山上裸石，底下悬崖，滚滚洪浊水。

曲水雅江湿地

仁布雅江峡谷

绕道羊卓雍措湖吧，浪卡子亥时的一碗面草草安慰饥饿的肠胃。一路狂赶，凌晨两点，我们闯进日喀则的睡梦！

来不及多睡，三车会合，到昂仁，宿桑桑。手续的烦琐，让我们搅扰了周末的大半个昂仁“县衙”。

路过羊卓雍措

（从拉萨去往浪卡子县的路上，于垭口鸟瞰整个羊湖）

翻过冈底斯，陷车沼泽地

终于开拔，所谓的205省道，竟是一条砂石土路，一路坎坎坷坷，水泽无数，河溪横流。开车踩一脚油门就是十几千米，过达若，转措迈，探路贡久布乡。

S205 措迈乡路口

雨季去贡久布乡路上

南来北上，此处却是藏南藏北的接合带。异常的雨季，让桑桑湿地镀上夕阳的金辉，也让冈底斯山北麓的草原湿透了衣裳。北边就是那曲地区的尼玛县，昂孜措静静地躺在它的版图上。

傍晚的草原显得十分辽阔，却水洼无数，泛着浅白色的冷光，云遮天空。整个草原像浸没在汪洋大海，感觉轻轻一踩，就要塌陷。我们孤车在四周茫茫的水中原野，小心翼翼行驶，土路已泥泞不堪，深陷的车辙让我们惶恐不安。东绕西折，远处的湖岸线却始终可望而不可即。

贡久布乡昂孜措西南流域 湿地

天色已晚，是住是走？前行甲谷乡，只有十八千米！湖边的路隔着泥水，驻村干部如是说。在西山挂着最后一抹晚霞，风开始呼啸，车队转过几户人家组成的村子，踏入湿漉漉的山前草原。明明暗暗的路面，时有时无的犬吠。车子颠颠簸簸，大车沉笨的身躯碾过每一段积水的泥坑，都揪紧了考察队队员们的心！

夜色深沉，路越来越烂，积水覆盖了整个路面，也没住车轮。一辆车掉头接应大车，偏离了主路，陷入沼泽，一股腐臭的气味挤进车内，我们陷车了。不远处传来大车深陷水坑的消息，草原上人声嘈杂起来。两边是高草和歪斜的铁丝篱笆，我们知道这是荒郊野外！正是月黑风高。而北边亮着几点微弱的灯光，甚是幽寒。

十一人分工挖车、捡石头、打千斤顶……头灯散乱，来回闪烁。土壤可以拧出水来，这是一大片古湖床上的大河滩，异常雨季已经给地面注满了水。我们摸黑将石头从泥土里一块块揭起、挖出，填到泥坑，泥坑怎么也填不满。车轮下的软泥一锹锹挖开抛出，怎么也挖不完——灰白色的泥浆从轮底汩汩涌出，就连外面的草地也被我们踩成烂泥。这是沼泽地！

陷车现场

石头不行，木板截段铺垫不行，千斤顶不行，前后不行，拖不出，走不动——整个越野车下陷，直至整个底盘被地面死死地拖住！我们绝望了，已是午夜时分！不甘心的老师傅最后一次尝试，然后放弃。

所有人在寒风里饥乏交困，身心疲惫。仅存的一辆小车冒险分批送人到乡上，还有两个大水坑，努力闯过去，尽管车底打滑，车子几乎停在水中。这一送，就是来回四趟！

不幸的是乡上寂静无人，政府大院无应，茶馆闭门，商民不纳。所幸的是阿润的手机是电信网络，有信号，联系上派出所所长，才投宿客房。次日凌晨2点，人员聚齐，却没水没电。午饭那点泡面竟成了肠胃里唯一的慰藉。

干涸的房间，白灰的气味，咳嗽声一夜未停！

拖车现场

（上图为首次拖小车，下图为第三次拖卡车）

甲谷乡救援，昂孜措宿营

昂孜措，我们要攻占的第一个大湖，竟以这种方式迎接我们！

翌日天蓝日朗，修路的推土机来了，没走多远也陷了。大型挖掘机来了，它宽阔的履带终于征服了沼泽，拖回推土机，又开进草滩深处，来回四趟——大卡车被拖行到高地，越野车被拽行出沼泽。此刻，放眼望去，甲谷乡近在咫尺，只有三千米！

昂孜措，水位涨过牧民的篱笆，我们测了一道又一道，那水清澈得有些发绿！

昂孜措，兴奋的牧民前来围观，他们嬉戏逐闹，夕阳下发出灿烂的笑，仿佛沐浴着圣湖的灵光。

昂孜措湖上

湖上风云

北上尼玛，乌云闪电

北上尼玛，队伍少了一人。那晚，玛耳下湖狭长的河道型湖盆拉扯了太多的时光，孤舟奋战，孤车赶路。翻山越岭，又在昂孜措的东北山路上，一头扎进淤泥坑，又是22点多，又是饥寒交迫。

这次，天空布满乌云，西边和北边的远山闪电一道接一道，每一道闪电都直击地面！风吹得很紧，司机在车里，我们四个人在车后推车，一脚踩下，稀泥汤子立马没过脚踝。所幸，一辆货车拦住，又报警喊来一辆警车，我们得救了！连夜赶往县城，翻过陡峭的两座大山，擦过泛着微波的戈芒措，已是次日凌晨 1 点半。

昂孜措东北岸砂石路上 22 点陷车

浪漫天湖，笃定措勤

继续赶路，走文布，绕当惹雍措。遗憾当穹措时没停，只在下山的盘山路上匆匆拍了一张黄昏落日图。

当惹雍措北部

当惹雍措南岸

目标本是尼果乡，山路十八弯，土路坑坑洼洼，前途不明。想起陷车的恐慌，就近投宿来多乡，尚是22点，茶馆三两处，我们在寺庙落脚。羊肉藏面，算不上美味，难得一时果腹。一种调侃给了吃不惯的师傅一种希望，那个阿加做得一手好饭。

寺庙客房的火炉熄灭了很久，有电没水，我们在藏式的长条床上躺了一夜。勤快的阿加做出了丰盛的早饭，只可惜大家的胃口辜负了想象。嚼不透的牛肉西葫芦，略涩的凉拌黄瓜，我们喝下大半番茄鸡蛋汤。

上路，摇晃在转不完的荒山，还在修的砂石路没有硬化。藏北的高原如起伏的海浪，向深山前进，太多的车辙岔道把人带入歧途。进入宁果乡谷地，山坡上处处分布着古湖岸，古湖相沉积物被风雨侵蚀成堆堆垄垄，胜似雅丹。它们是地球环境真实的记录者，曾经的大湖沧海。

宁果乡，一个藏在万山之中的乡村。我们从川味饭店，到一个老藏民开的超市，再去饭店再到旅馆，这途中我们吃了一顿又一顿的泡面！山那边那个深邃的姊妹湖泊——姆措丙尼，犹如上帝之眼，贮存了百米深的淡水。

姆措丙尼

白石水心

于我，是湖岸澄澈见底的波浪，送来远方的秋波。于我，是湖岸涛声阵阵的白雪水滴，是情人的眼泪。白色的、黑色的鹅卵石，何时拼出了心形的图案，逐渐沉入水底。东方那高耸的千年冰川啊，可是献给爱情的哈达?

美丽不代表温顺，西南风一样掀起怒吼，夜晚的大浪反复拍打碎石堤岸，也许是抗议我们这些不速之客，打扰了她们的千年修行。一艘船的发动机熄火了，我们在黑夜火速救援……又是藏式窄榻，解去一天的困乏和喜忧。

两天没能吃一顿饱饭，队伍在傍晚就匆忙撤离，送别我们的是从南天席卷的暴风雨和不时耀烁的闪电。屋漏偏逢连阴雨，大车速度急了，爆胎了，一块尖石扎进车胎。换胎！所有人轮番拧螺丝。而西南上空乌云翻滚，大风已经来了。

此时，去措勤，是所有人唯一的信念！车队再次启程不久，豆大的雨滴就砸了下来。车队北去，义无反顾。乡上村里，我们问了无数遍路线，自认为最担心扎日南木措东岸那广袤的湖滩湿地。所幸找到北去的大道，绕进一个不知名的村子，牧户散布在整个滩地。砂石的路基修在古湖岸堤上，堤间是积水的草地。

西边天空落下蓝色的帷幕，有些发紫，一线亮光映衬出灰黑色的云片轮廓，构成各种鬼怪图形。

夜路凶险，荒野迷途

三车隔得很远，夜色遮蔽，只有远光车灯识别彼此。对讲机刺刺啦啦。

事先准备的轨迹路线失效了，雨季在夜间赶路乃是野外大忌。一个藏家小男孩来了，给钱带路！先说是五十元，带到205省道，后面又说左去有河过路，又要五十元，三千米过后，才到大路。

星多风劲，几番折转找路，穿半人高的草丛小路，过布满深槽的河滩，又下起大雨和冰雹。带路的男孩骑着摩托车，身手敏捷，过急流而不慌……

终到大路，却是北去别乡方向，已近22点。折回，开始西行，路程却有一百多千米土路。有路基的路时有时无，两道车辙的路迹便成了主路。一路上，超大的路碑无一字，在车灯的照射下越发洁白，如同墓碑。

荒山野滩，车辙密集，岔道开开合合，车队几次偏离轨迹，四周寂寥，漆黑一片，所有人手机都没有信号。大家身心俱疲，找路急切，以致惶恐席卷心头。负责探路的师傅发出“不会是鬼打墙了吧？”的疑问。那条砂石路，我们一路狂赶，俯冲之下，所有人大叫一声——眼前骤现一摊黑水，大路直接进去，没了！水波荡漾，不知深浅。左边是山坡，右边是不知多远的湖面——大家判定这是雨季新涨的小湖。绕道坡顶，避开湿滩，我们恍惚中成了《盗墓笔记》里的赶路人。

走到午夜，遇见的路牌都是背面无字，正面不说方向。“游客服务中心”的牌子更是愚弄路人，在泥泞的弯路口，有路基的大路只有一条——我们误打误撞进入一个没有人的村子，路灯发出寒冷的白光。路口一方挂牌的村委会大院却大门紧锁，牌子早已风化斑驳。路边一块水泥大石碑，也是无字碑。

继续前行，过了一座底下哗哗流水的小桥，又到一处有几盏路灯的小村。车子开进村口最大的一座院落，下车走进去，一阵幽寒，院内空空荡荡，是一座看起来破败的庙宇，房顶上一面缠卷的旗子在风里呼啦啦飞舞。右边是散乱的建筑工地，搅拌机黑洞洞的口对着我们，正前是或开或闭的窗户，没有一点亮光。漆黑的荒野，让人不寒而栗！

我们匆忙上车，快速离开。沿着大路折转，却发现道路已被洪水冲毁，或塌陷只剩一小半，或深坑横亘……这路究竟是去哪里？磁石乡在哪里？这路看似很久没人走了。车队在荒野上团团转，陷入惶恐……

重回轨迹吧，再次穿越一片只有两道车辙的草滩湿地，回到所谓的“大路”——措勤县扎日南木措环湖路。凌晨的游客服务中心，华丽清雅的一栋两层建筑，车灯前，灰灰暗暗，反光的玻璃窗后是漆黑的空间。

继续赶路，草地上的路碑显示我们离目的地很近了。五十六千米、三十二千米……卫星地图显示的一条大河到了，二十八千米！我们在巨大起伏的古湖岸垄间，上上下下，加速减速。然而，那北岸山里下来的大河真大，第一条分支展开三米多宽，水大流急，河床上满是大石头。探路车过去了，从另一个沟冲上去，前面却是断桥——水泥桥墩托举着一段桥面立在乌黑而宽阔的河面，河水急速流淌着。我们绝望了！上下游反复找，不是软沙就是湿地。我们像疯了的野马，见路印就冲去，差点撞上牧民的草场围栏。

折腾到次日凌晨 4 点，我们筋疲力尽，再次回到那个“鬼城堡”。三辆车失去了联系，小车油料将尽。无奈，我们只好抛锚荒野，在车上坐着将就一夜，等待 7 点天亮！

再次问路，再次赶路，又再次走散。磁石乡，原来你就在北方的山里躺着，昨夜的砂石路就是你的延伸！措勤县，原来你们的环湖路就是一条车轮碾轧出来的纯土路，只是在荒郊野外安上路碑和根本不准确的路牌。我们也做了一场梦，至今回想，仍是一场噩梦！

绕进大山，我们测过那条恐怖大河的源头——齐格措，一个像漏斗状的膀胱的湖。平整的柏油路上，只要一个小时，我们便到了夙夜追求的目的地！满城沟壑，集中供暖。我们已经是强弩之末，两眼昏黑，有气无力，我在饭桌边的椅子上瘫软了很久。想吃清淡点，肠胃干瘪。掉队的车子来了，我们一起吃清真面、手抓肉，大家都狼吞虎咽。我却没有胃口。

磁石乡去措勤路上（湖涨水淹没路面）

进入阿里，云淡风轻

自此，我们从东线考察转入西线，阿里地区湖泊星罗棋布！嘎仁措形如牙根，浪大水浅。达瓦措，水蓝苦咸，半日测完。出措勤，留改则，过革吉，至阿里。一路西去千把里，洞措边三船竞上，累坏了拖船人，逗乐了乡政府的藏族青年；麻米湖上，书记漂游了半天，湖名神秘得让我们在县政府一阵好找——你也叫仓木！卤水打在身上，斑斑点点；拉果措，黄褐色裸山中的蓝宝石，却也是咸涩的，湖底无泥，卤虫群带。

洞措乡彩虹

洞措乡

洞措出橡皮艇

洞措乘橡皮艇测湖

麻米湖上

盐渍衣服

那一夜，生态大酒店的热水让我们放成横流，所有人都在洗衣服——衣服像在泥堆里踩过，我们脏兮兮地走进富丽堂皇的大厅！

那一夜，我们睡得很香！

麻米湖

拉果措

一日赶路五百千米，在达绕措的蓝天白云里，我们升起了无人机。湖面平静，水是淡水！再西去，盐湖乡，雄巴乡。老李的油门轰轰烈烈，将所有的白云抛在身后，将落日追成落日！

达绕措全景

达绕措美景

用无人机勘测

在革吉，我们见到狮泉河的上游清流；在革吉，我们又见冈底斯山，从北麓绕到西端；在革吉，我们的边防证被一遍又一遍地检查。噶尔县，狮泉河的滚滚洪水，在闸口宣泄。噶尔县，瘦弱的树苗成行分列，我们到天上人间了。

休整，却不能洗澡。换店，又是延安宾馆。

狮泉河景观

狮泉河景观

直扑东汝，饮酒江东

再次进山，北去，过日土，看班公，直扑东汝。过结则茶卡，我们当机立断，手起刀落，斩于马下，速战速决。晚间，我们暂时占领了乡政府的食堂，从后厨到大厅，还有一桌让人忘记疲惫的台球，尽管网兜破了洞。

结则茶卡黄昏

鲁玛江东措，一个大家伙，营地就扎在乡道与湖岸的一线天。上面就是陡峭的狼牙状山崖，峰丛矗立，有人还担心山崖会不会崩落下来。这是羌塘国家级保护区的地界，藏野驴和藏原羚很多，海拔超过五千米，湖面在海拔四千七百多米，三个巨大的悠长的湖湾，让我们的船一跑就是二百千米的测线。

鲁玛江东措

鲁玛江东措，并不凶猛，其实很温柔。两艘大船中午才出发，一路风冷波平。橡皮艇飞快，船舷犁出白花花的波浪，引擎的螺旋桨搅起巨大的洪流，一道道鱼形波浪呈喇叭形荡开……速度超过十节。我们从两岸山崖对峙的峡湾转入宽阔的主湖区，水浅出我们的想象，进展顺利！

营地

18 点 30 分返航，我们完成了所有任务，太阳还高在西山之上，我们的船竟比预期提前了整整一个小时靠岸！靠天吃饭，这就是湖泊考察！无风少浪，偌大的湖泊，也只是半天工夫。

当晚，队长披星戴月而归，厨师做了最丰盛的饭菜——号称最后的晚餐。我们知道，这意味着我们将提前返回拉萨。白酒、啤酒，一顿畅饮。

次日早起，早饭未罢，撤营开始。拆帐篷，拆船，刷锅洗碗，厨具归箱，等待装车。又是提前一小时完成，12 点出发！满天的阴云，十分均匀的灰色。

山里早已下雪，东汝乡上，雪花漫洒，四周看不见山峦，白茫茫一片。电力塔上，几只硕大的乌鸦飞来飞去，呱呱地叫着，嘶哑的声音更让这天地显得十分苍凉！

一路狂赶，过班公湖，乌云密布，雪化成雨，一起车祸现场就在路边悬崖之下。老司机就是老司机，带有速度与激情地狂飙，入夜我们安全抵达狮泉河。熟悉的霓虹灯变幻闪烁，老地方。又是 22 点后觅食，安慰一天未进食的胃。不幸的是一辆小车错过放行时间，被堵在了城外。

胜哉归途

风浪阿果措，黄昏霍尔乡

次日，再次分开出发，目的地霍尔乡。还剩两个湖，归期将近。一鼓作气吧，与冈仁波齐擦肩而过，与玛旁雍措隔着金色的草原，我们想再次翻越冈底斯山，但它的海拔有五千五百米！阿果深藏在那大山里，去亚热乡的路布满了大石头，坑坑洼洼。五十五千米的砂石路，一走就是三个小时。

霍尔乡

霍尔乡

下湖点一选再选，风一强再强，浪始终咆哮着，拍打湖岸。只是，有时没有了白浪花。只是，多云的天空偶尔透下阳光。只是，湖面不平静，灰蓝色的湖水涌动，我们不知道深浅。大浪之下，一艘大船硬生生地出发了。

不久，他们的发动机坏了，冷却系统积攒了太多的盐垢……搁浅，徒步救援。一番折腾，我们选择放弃，队长却很不甘心。风越来越大，蓝黑色的湖面像是秋天待收的棉花地。

阿果措

乘浪上湖

中秋节晚餐，翌日清晨大雪

这天是中秋节，我们退回山外，并不去赶路，那要到午夜。再次宿在圣湖边，21 点，我们吃了一顿羊杂汤锅——两个五仁月饼被厨师精确地切成十块，饭罢，每人一块，这叫十全十美！2018 年的中秋节就这样度过。

中秋节霍尔草原黄昏

次日，阿里大雪，马攸藏布谷地乌云压顶，风雪呼号，五百千米的路程，让大车足足赶了一天！萨噶县，宾馆总是爆满。吉隆口岸来的尼泊尔人，阿里东下的游客，全在此会集。直到子夜，还有人不断来打听房间。我们庆幸，头车 15 点到达，大酒店已满。小宾馆尚可挑选。

我们欢呼，电视可看，不再收费。

霍尔乡一夜大雪

留影打加措，但看拉孜月

打加措，此次考察的最后一个湖泊，蜷缩在冈底斯山东段，22 道班向北，一路柏油路，206 省道名不虚传。早上万里晴空，蓝色如洗，湖水清澈，微波荡漾。好天气！一大一小，两船进发。

午后，这湖偏偏不安分起来，波浪高起，白浪花有了，逐渐多起来！留守人张望，湖上人逆风而测。好在任务完成，17 点装车完毕，来一张合影吧！这竟是唯一的留念。

打加措合影

打加措合影

开拔，目标日喀则！怎奈山路太多，两座大山让道路弯弯曲曲，还有限速。我们迎着巨大的朦胧月，开进拉孜，雅江若即若离。树，我们看见树了！在拉孜城郊，浅黄色的月亮仿佛要坠落在大马路上，几缕薄云萦绕。

21 点 30 分，我们入城了。大车只有远光灯，殿后的小车不敢跑快，嘎吱作响的声音让人惶恐。

又是四百多千米，午饭晚饭一顿手抓肉，纵是那盖碗茶冲泡一遍又一遍，还是那么甘甜解渴！

拉孜月

手抓肉

回拉萨，返人间

回拉萨，已经胜利在望！过萨迦，停日喀则，穿仁布雅江中游大峡谷，我们目睹了塌方路段——峡谷逼仄，雅江在深谷底奔流，外侧路面烂了一个大洞，洞下是几十米的悬崖和洪流。国道，此时只剩薄薄一层柏油。另一处，一半的路面已塌陷下去，内侧是高耸的山崖……

日喀则雅江河谷青稞田

走过尼木县，树多起来，组成林荫大道。曲水的秋天已经深了，树叶泛黄，不断地飘落下来。接近黄昏，我们过了柳梧大桥，拉萨河还是那么宽阔。天空并非秋高气爽，灰云还在盘踞。回拉萨，我们一路沧桑。转山转水，我们历尽千辛万苦。

从桑桑湿地，我们翻越冈底斯山。从尼玛，我们绕回冈底斯山。从尼果，我们转进了阿里，沿着大北线一路西去。从革吉，我们绕到冈底斯山西头，又绕回南坡。从狮泉河，我们一路东行，走完了 219 国道，迎来了 318 国道。从雅江源走到了拉萨河，走惯了夜路，习惯了一天两顿甚至一顿饭——子夜“午晚饭”。我们走走停停，走过了一万六千里山水，八千公里云和月！

我们看看量量，量过了十三个湖的长长短短，一千九百多平方千米湖面的风和浪。有人胡子长了又短了，有人髯须长了更长。日子在不经意间过去，我们逡巡山中，不知人间几何。忘记了星期的概念，忘记了城里的繁杂。感慨万千，回到阿里，有一种回到大都市的感觉；回到拉萨，有一种回到世俗人间的感觉！阿里，果然天上人间。

也许，回到北京，会有一种回到樊笼的感觉。彼时，天上西藏，果然天上人间！我们对话自然，洞察湖泊，终究是对话自己，服务人类社会……

我们祈祷，跋山涉水，明天会更好！

2018 年 9 月 27 日

布达拉宫

青藏科考日记　系列二

西风雪国：藏北测湖记

题记：10 月的藏北气温已经接近零下摄氏度，11 月的藏北更是西风季和大雪天。即便如此，一个八人科考队仍然按计划出征了，执行丝路环境专项暨第二次青藏科考，任务是测量空白湖泊的水深、水质，以及获取水样和沉积物的样品。他们辗转那曲市多个区、县，体验了大风雪、冰铠甲、午夜漂，感受到风真是有可怕的力量——风季强风，湖上掀白浪，陆上携沙尘。一起来感受青藏科考人的快乐与艰辛！

本文首发于中科院北京分院公众号（2019 年 5 月 28 日）

10 月 23 日中国科学院青藏高原研究所湖泊沉积与环境变化课题组的五名湖泊科考队员从北京出发，成员包括领队马庆峰，队员陈浩、张润、刘翀和朱少航。初上高原，大家当天一般会选择休息、适应，饮食清淡。24 日和 25 日两天大家紧张准备，核验测湖仪器、厨具家当、宿营装备和生活物资。10 月 26 日装完车，队伍出发，一行八人，此时加入两个小车司机陈师傅、李师傅，他们都是老高原了，还有一个卡车司机杨师傅。因为人少，任务繁重，卡车司机额外被我们雇用提供劳力。

课题组分配给此次的测湖任务十分明确，获取那曲地区八个资料缺乏的中型湖泊的详细水深数据，以便评估湖泊的水量，进而借助遥感资料建立水量波动序列，同时测量湖泊水质参数。

测湖，操作很简单，传统上是人工测量，现在出现无人船测量。人工测量，需要一艘载人橡皮艇，包括船用发动机、导航设备等，然后搭载测深仪器，国内常用的仪器是劳伦斯，也有更大型的仪器，如中海达或南方测绘的设备。实践表明，劳伦斯测深仪在高原测湖中更方便、快捷，小巧耐用（平面尺寸如常用的平板电脑），简单易用，零下十几摄氏度仍然可以正常工作，又具有 GPS 导航功能。而且，由于波束角大，它可以承受高达十节以上的航速，也就是说非常有利于青藏高原大中型湖泊的快速密集测量。高原的湖泊尤其冬季湖泊每天基本会起风浪，允许的安全工作时间很短。

测湖的另一个前提工作是设计测深线路，这基本参照具体湖泊的湖岸地形和想要达到的密度，还要考虑下湖点的位置。一般在所有湖泊中，会保证湖盆长轴方向的中央测线。此次藏北测湖，几个湖泊的平均测线长度在七十千米左右，最短的是四十二千米，最长的是九十五千米。单条测线最长的纪录是在巴木措，二十五千米，逆风的话需要跑两个多小时，平浪走也要一个多小时。

除了测量水深外，还要测量水质水化学，比如水温、盐度、电导率、pH 值等参数，目前流行的做法是使用便携式水质多参数仪（YSI）现场测量，再回到实验室导出数据，核查数据。进一步取样，使用抓斗获取表层沉积物，用以分析底质理化性质。一般为了提高效率，我们常常同时放出两艘船，一大一小，大船跑线，小船取样。尽管如此，很多工作并非如计划的那么顺利。我们开玩笑说：测湖工作，也是看天吃饭的活儿。

10 月 26 日傍晚，队伍到达那曲，办理了那曲林业局的手续。从 10 月 27 日到 11 月 10 日的十五天时间内，测湖队共完成七个湖泊的测量和取样工作，其中有三个大湖泊是夜晚上湖，午夜或凌晨靠岸：一次是在安多县懂措，18 点出发，23 点 30 分上湖，次日 4 点 30 分靠岸；一次是在巴木措，大船 21 点 40 分上湖，次日 3 点靠岸；一次是在蓬措，小船 22 点上湖，次日 1 点 30 分靠岸。之所以这样，是因为白天西风太强劲，风浪太大。夜晚比较平静，或者相对浪小。野外共宿营四次，扎营三次，拆帐篷与扎帐篷成为家常便饭。

11 月 10 日从巴木措撤营到那曲，夜晚到达。11 月 11 日一大早，队伍从那曲赶回拉萨，出那曲向南，109 国道上遭遇大雪转大风雪，道路积雪结冰，下坡路遇见三处车辆侧翻或滑到沟里，一辆救援的警车也滑到路基下。四野茫茫，天地素裹。本来预计六个小时到拉萨，结果 19 点才到当雄，临近午夜才回到拉萨。总结此次藏北测湖，最难忘的经历和景象：那曲雪、安多月、错鄂浪、措那鸟、措那风、蓬措沙和巴木蓝。

错鄂浪

10 月 27 日，第一天，错鄂湖，暴风雪、冰铠甲。第二天，乃日平措，西北风、强风浪、船灌水、卡车陷……初来乍到，天气变化多端，令人猝不及防。虽然出发前我们对那曲冬季野外艰苦条件已经有了心理准备，不过连续两天下来，陡然觉得“那曲野外苦呀，凛冽西风冷！天气越加寒冷，晚上零下十几摄氏度”。这是队员陈浩在日志里的感慨。在错鄂测湖，当天中午找路时下起了小雪，赶到湖边卸车，风已经很紧，湖边是软沙地，大车不敢靠近，所有设备需要人力抬到湖边。装船完毕，西北风推着巨浪就扑向岸边，下湖点在东北岸，风浪巨大。等到下午，雪停风缓，白浪花消失，而涌浪在冷风作用下还是很大，但两艘船还是出发了，至 20 点才全部靠岸。大船已经积水，船尾处没上脚踝，而队员身上迎风浪一侧完全结冰，形成一层“冰铠甲”。原理很简单，由于气温低于零下，风浪较大，行船中激起的浪花或者迎面打过来的浪头在衣服上很快就会结冰。即使岸上无风，湖中央也会有小浪，并且行船中冷风逼人。

尽管困难重重，但是我们的任务圆满完成。错鄂湖整体宽浅，不足十米，但西风掀起的巨浪，令人印象深刻。

错鄂湖

措那鸟

10 月 30 日下午赶到措那湖西岸宿营，因为天气太好，无风少云，天空蔚蓝如洗，湖水蓝得明净，马队长当即决定先上湖。我们输入完控制点，17 点乘大船出发了。18 点 45 分靠岸，测线三十二千米。我们在东北岸惊异地发现有浮冰，近岸一千米已经结冰，水温 3.4 摄氏度，水深三米五，西岸的水温则为 9.0 摄氏度。西部水温高，东部水温低，但是在中北部湖区，水温适中，水深五至六米，出现了测湖队员们所见最多的赤麻鸭群，成千上万，行船所过，万翼齐飞，鸣声交错，场面极其壮观。这里是它们的聚集区。

措那湖赤麻鸭

措那湖赤麻鸭

野凫逐飞

野凫逐飞

次日上午，我们再次出船测湖，天空明净，纯蓝色，湖水只有小波浪。措那湖西深东浅，我们与青藏铁路线多次相会，更幸运地目睹了一列客车经过湖边，湖上看山，船上看火车，十分兴奋。以前，我们是多次坐在火车上看窗外静静的措那湖，现在我们漂在幽蓝的措那湖上，成了别人眼中的风景。

措那湖上看火车驶过

懂措风与蓬措沙

11月1日向西，进入大山里，没有信号。我们一路上目睹和感受西风雪国，“今天进山，暂时失踪。西风吹不走，严寒冻未死。山深不知处，只在羌塘中”。

11月2日到4日，懂措，西北风、强风浪、夜上湖。11月5日至6日蓬措，沙尘暴，吹帐篷，眯人眼；夜上湖，凌晨回，低气温。这两个湖扎营六天，我们深切感受到班戈县林业局工作人员说的“风季”强风，湖上掀白浪，陆上携沙尘——风力真是可怕的力量。

懂措湖

懂措湖

11 月 2 日到 11 月 6 日，强风整整刮了五天，十分强劲，白天无法作业，只好夜晚尝试上湖。11 月 3 日 18 点，懂措湖，大船人员有船工陈师傅、陈浩、张润，小船有马庆峰、朱少航、刘翀。第一、第二条线风浪大，尤其西行逆浪，随后风小浪小。那么，夜间测湖是什么体验？夜间行船，全凭导航——完全搞不清方位，湖上灰沉沉一片，幸运的话头顶会有满天繁星，但常常是云多星稀，不时会感受水波与船体碰撞。接近午夜，漂游在大湖中间，水深超过三十米，心理上也是一个考验，刺激、惊险、担心。

懂措深夜测湖

11 月 4 日上午大船出发，想要补测最南端的湖湾，但是风浪太大，刚驶出去一千米，就遇到陡急的波浪。船头快慢把持不好，就容易扎到前面一个大浪的波峰里，导致船内进水。坐在船帮上的人不可避免地被浪打湿衣服，并迅速结冰。

懂措测湖遇大浪后衣服湿透并结冰

懂措的风刮得没完没了，11 月 5 日队伍移驻蓬措，当晚上湖，次日凌晨 4 点半大船靠岸。11 月 6 日营地经历了沙尘暴，整个白天沙尘不断，从西面的山坡上卷扬起来，从河谷里飞起，刮向幽蓝的湖面。帐篷被摇晃得开了口子，餐具蒙尘。庆幸的是，天空没有黑云，大晴天，夕阳也很美，就是风如刀子。

风沙中的帐篷

帐篷中的沙尘

蓬措沙尘

蓬措边

11 月 7 日，队伍派出大船由小车拉着测量西北山那边的达如措，前一天探路，我们看到这个不大的峡谷地形湖泊的滔天巨浪，动人心魄。工作队 17 点左右上湖，21 点 30 分靠岸，风浪不小，但任务完成。

达如措巨浪

达如措巨浪

巴木蓝

11 月 8 日上午从蓬措撤营，在北拉镇大家饱饱地吃了一顿面后，下午在巴木措北岸、西北岸广阔的草原和湖滩迷失路线，始终找不到合适的下湖点。巴木措很深，湖水是深蓝色的，南部乌蓝乌蓝，但西北多浅滩。

11 月 9 日从班戈赶到巴木措南岸，扎营。下午派出去一条大船，但傍晚遇大浪而回，两个人外套结成厚厚的冰铠甲，队员张润鞋子进水。晚饭后，营地风平浪静，于是队伍再出发，22 点左右，两艘船，船工和队员们纷纷加衣服，里外套层——马队长说自己穿了三层冲锋裤，两层冲锋衣加羽绒服，这晚他亲自率领大船测深。这种穿法，足以抵抗北方任何城市冬天的严寒，但在海拔四千六百米的藏北湖上，冬夜里，一旦暴露户外超过两个小时，腿上还是能感觉到凉气逼人，膝盖冰冷。

小船负责取样，出去时无风，行程中有微风，小船行驶一千米时，小浪；两千米处，风急浪起。同时，水深从二十多米，变为四十多米，又变为六十多米。三个人工作到次日凌晨 1 点，半小时后靠岸，共尝试重力钻七次，成功两次，其中六十四米深处两次——意味着光拉绳子就拉了三百米左右，我们筋疲力尽。此外，还有两次抓斗，而不同水深取水样也要反复多次。尽管水桶不重，但湖上涌浪不断，不时摇晃明显，致使小船漂移严重，两次调整位置。气温很低，水温接近零摄氏度。由于工作需要，我们不得不脱去手套，徒手拉绳子反而更牢靠，而且手套浸湿会更加冰凉，但咸湖水盐渍，让偶尔划伤的手指多少还是难受些。

靠岸，所有人才发现自己身上多少都有了冰铠甲，当然，大船测深人员最为辛苦，又冷又饿，这也最为考验队员的耐心。

巴木措南岸

巴木措，是这次测量最深，也是风浪与冰铠甲、深蓝与地形风共舞的大湖。

冰与美

性感的雪后念青唐古拉山矗立眼前。“雪后的念青唐古拉山，纹理劲爆，晕影清晰，很性感。”车里传来头车走出结冰路段的信息，“你们已经走到金黄的草原，我们还在雪白的世界。”

雪后堵车 109 国道

在“双十一”这天，我们的车堵在 109 国道那曲段古露镇。远处是白雪皑皑的大山，薄云萦绕，山脚是雪原与草原的交错地带，不时有黑色的列车如长龙通过。近处是村镇和枯黄的草原，路上是排成长队的各种货车和夹在其中的小车。

注：《天路雪原》诗记，见西藏卷。

那曲雪、火车影

牦牛群

科考人：野与真

那曲科考，我们作为最基层的科考人用行动表明了我们迎难而上的态度和精神，虽然算不上继承老一辈科学家的探险精神，但新时代的青年也是好样的。我们是科考人：

于拉萨感冒，在那曲发烧，硬是扛住了。

嗓子发炎，鼻内充血，愣是习惯了。

手上打钻划了几道伤口，盐水浸渍，一道道愈合了……

我们是藏北野人，高原硬汉。

以此献给所有参加二次科考的人，他们是当今世上最可爱的人。

2018 年 11 月 23 日

作者于拉萨部仓库前

后记

六世达赖仓央嘉措是西藏文学史上一位杰出的诗人，也是迄今少有的为大家所熟知的藏族诗人，可谓是以书写特有的藏地风土人情而闻名的诗僧。因此，他的作品在西藏的文学历史中显得十分珍贵。毕竟，更著名的李白、杜甫、苏轼等因为行政分属与地理隔绝等因素而不知或者无法深入青藏高原，来留下他们的诗歌作品。直到新中国成立，我们得以更深入地了解这片土地，到 20 世纪 80 年代，诗人海子到达青海腹地，留下《德令哈的一夜》等少量关于青海风物的作品。

现在，得益于青藏铁路的全线贯通和航空的发展，人们更加便利地进出青海与西藏。现在，我因为科考的缘故，从青海格尔木向南，寻着海子的足迹，继续前进！憧憬仓央嘉措的诗情，向南！

然而，亦如仓央嘉措，他痛苦于自己深陷佛门与红尘之间，以至于他感慨：“世间安得两全法，不负如来不负卿。”我辗转于科研与文学之间，精力有限，不能精专于一门，因此惶恐不安。

顶着巨大的压力，我不忍辜负多年来的锱铢积累，趁此中秋节仓促制作本书。本想作为自己博士毕业的礼物，不想还是时间仓促。区区薄册，难说大集，亦不敢妄称此为“青藏高原第一部现代诗集”。但倘若读者得以领略自然科考之过程及意义，也是一件美事。这本书，来自世界屋脊、无人区的无人区——我为你写诗！

最后，还要很遗憾地跟读者说声抱歉，此次出版囿于费用而未能采用彩色图版印刷，致使很多漂亮的配图无法呈现原有的色彩和视觉效果。我在选配图时尽量兼顾它的黑白效果（灰度图），算作是一种弥补性措施吧。无论如何，但愿诗意的文字能给您美丽的遐想！

以我之笔，把美好带给人间！

藏北野人

2019 年 9 月 12 日星期四

（2021 年 7 月 16 日星期五修订）